物

中国现代经典美文书系

陈子善　蔡翔〇主编

于　山〇编选

人民文学出版社

图书在版编目(CIP)数据

狗/于山编选. —北京:人民文学出版社,2012
(中国现代经典美文书系/陈子善,蔡翔主编)
ISBN 978-7-02-009148-5

Ⅰ. ①狗… Ⅱ. ①于… Ⅲ. ①散文集-中国-现代②散文集-中国-当代 Ⅳ. ①I266

中国版本图书馆 CIP 数据核字(2012)第 071823 号

总 策 划:黄育海
责任编辑:李明生
选题策划:尚 飞
封面设计:陈 楠
版式设计:高静芳

出版发行 人民文学出版社
社 址 北京市朝内大街 166 号
邮政编码 100705
网 址 http://www.rw-cn.com
印 制 山东临沂新华印刷物流集团有限责任公司
经 销 全国新华书店等
字 数 167 千字
开 本 850×1168 毫米 1/32
印 张 7.75 插页 3
版 次 2012 年 6 月北京第 1 版
印 次 2012 年 6 月第 1 次印刷
书 号 978-7-02-009148-5
定 价 20.00 元

编辑例言

中国素来是散文大国,古之文章,已传唱千世。而至现代,散文再度勃兴,名篇佳作,亦不胜枚举。散文一体,论者尽有不同解释,但涉及风格之丰富多样,语言之精湛凝练,名家又皆首肯之。因此,在时下“图像时代”或曰“速食文化”的阅读气氛中,重读散文经典,便又有了感觉母语魅力的意义。

本着这样的心愿,我们对中国现当代的散文名篇进行了重新的分类编选。比如,春、夏、秋、冬,比如风、花、雪、月……等等。这样的分类编选,可能会被时贤议为机械,但其好处却在于每册的内容相对集中,似乎也更方便一般读者的阅读。

这套丛书将分批编选出版,并冠之以不同名称。选文中一些现代作家的行文习惯和用词可能与当下的规范不一致,为尊重历史原貌,一律不予更动。考虑到丛书主要面向一般读者,选文不再注明出处。由于编选者识见有限,挂一漏万在所难免,遗珠之憾也将存在。这些都只能在日后逐步弥补,敬请读者诸君多多指教。

目录

一

狗

◎梁实秋

《五代史·四夷附录》:“狗国,人身狗首,长毛不衣,手搏猛兽,语为犬嗥。其妻皆人,能汉语,生男为狗,女为人,自相婚嫁。穴居食生,而妻女人食。”语出正史,不相信也只好姑妄听之。我倒是希望在什么地方真有这么一个古国,让我们前去观光。妻女能汉语,对观光客便利不少。人身狗首,虽然不及人面狮身那样的雄奇,也算另一种上帝杰作,我们不可怀有种族偏见,何况在我们人群中,獐头鼠目而昂首上骧者也比比皆是。可惜史籍记载太欠详尽,使人无从问津。

我们的人口膨胀,狗的繁殖好像也很快。我从前在侵晨时分曳杖街头,偶然看见一两只癞狗在人家门前蜷卧,或是在垃圾箱里从事发掘,我走我的路,各不相扰。如今则不然,常常遇见又高又大的狼犬,有时气咻咻地伸着大舌头从我背后赶来,原来是狗主人在训练他捡取东西。也常常遇到大耳披头的小猎犬,到小腿边嗅一下摇头晃脑而去。更常看到三五只土狗在街心乱窜,是相扑为戏,还是争风动武,我也无从知道,遇到这样的场面我只好退避三舍绕道而行。

不要以为我极不喜欢狗。马克·吐温说过,“狗与人不同。一只丧家犬,你把他迎到家里,喂他,喂得他生出一层亮晶晶的新毛,他以后不会咬你。”我相信,所谓义犬,古今中外皆有之,《搜神记》记载着一桩义犬救主的故事;明人戏曲也有过一篇《义犬记》。养狗不一定望报,单看它默默地厮守着你的样子,就觉得它是可人。树倒猢狲散,猢狲与人同属于灵长类,树倒焉有不散之理;狗则不嫌家贫,它知道恋旧。不过狗咬主人的事也不是没有发生过。那是狗患了恐水病,它咬了别人,也咬了主人,它自己是不负责任的,犹之乎一个"心神丧失"的儿子杀死爸爸也会被判为无罪一样。(不过疯犬本身必无生理,无论有罪无罪,都不能再俯仰天地之间而克享天年。)印度外道戒,有一种狗戒,要人过狗一般的生活,真格的吃人类便,《大智度论》批评说"如是等戒,智所不赞,痛苦无善报"。其实狗也有它的长处,大有值得我们人效法者在,吃粪是大可不必的,纵然二十四孝里也列为一项孝行。

狗与人类打交道,由来已久。周有犬人,没有狗监,都是帝王近侍,可见在犬马声色之娱中间老早就占了重要的地位。犬为六畜之一,孟子说,"鸡豕狗彘之畜,无失其时,七十者可以食肉矣。"老人有吃狗肉的权利,聂政屠狗养亲,没有人说他的不是。许多人不吃香肉,想想狗所吃的东西便很难欣赏狗肉之甘脆。我不相信及时进补之说,虽然那些先天不足后天亏损的人是很值得同情的。但是有人说吃狗肉是虐待动物,是野蛮行为。这种说法就很令人惊异。《三字经》是近来有人提倡读的,里面就说"马牛羊,鸡犬豕,此六畜,人所饲",人饲了他是为了什么?历来许多地方小规模的祭祀,不用太牢,便用狗。何以单单杀狗便是野蛮?法国人吃大蜗牛,无害于他们的文明。我看见过广州菜市场上的菜狗,胖胖嘟嘟的,一笼一笼的,虽然不是喂罐头长大的,想来决不会经常服用"人中黄",清洁又好像不成问题。

狗的数目日增，也许是一件好事。“狗吠深巷中，鸡鸣桑树颠”，鸡犬之声相闻，是农村不可或缺的一种点缀。都市里的狗又是一番气象，真是“鸡鸣天上，犬吠云中”，身价不同。我清晨散步时所遇见的狗，大部分都是系出名门，而且所受的都是新式的自由的教育，横冲直撞，为所欲为。电线杆子本来天生的宜于贴标语，狗当然不肯放过在这上面做标识的机会。有些狗脖子上挂着牌子，表示他已纳过税，纳过税当然就有使用大街小巷的权利，也许其中还包含随地便溺的自由。我听一些犬人狗监一类的人士说，早晨放狗，目的之一便是让他在自己家门之外排泄。想想我们人类也颇常有“脚向墙头八字开”的时候，于狗又何尤？说实在话，狗主人也偶尔有几个思想顽固的，居然给狗戴上口罩，使得它虽欲“在人腿上吃饭”而不可得。或是系上一根皮带加以遥远控制。不过这种反常的情形是很少有的，通常是放狗自由，如入无人之境。

门上“内有恶犬”的警告牌示已少见，将来代之而兴的可能是“内无恶犬”。警告牌少见的原故之一是其必须性业已消失。黑鼻尖黑嘴圈的狼狗，脸上七棱八瓣的牛头狗，尖嘴白毛的狐狸狗，都常在门底下露出一部分嘴脸，那已经发生够多的吓阻力量。朱门蓬户，都各有其身份相当的狗居住其间。如果狗都关在门内，主人豢之饲之爱之宠之，与人无涉；如果放它出门，而没有任何防范，则一旦咬人固是小事一端，它自已却也有在香肉店寻得归宿的可能。屠宰名犬进补，实在煞风景，可是这责任不该由香肉店负。

关于狗的回忆

◎傅雷

当同学们在饭堂里吃饭，或是吃完饭走出饭堂的时候，在桌子与桌子中间，凳子与凳子中间，常常可以碰到一二只俯着头寻找肉骨的狗，拦住他们的去路。他们为维持人类的尊严起见，便冷不防地给它一脚，——On Lee 一声，它自知理屈的一溜烟逃了。

On Lee 一声，对于那位维持人类尊严的同学，固然是一种胜利的表示，对于别的自称"万物之灵"的同学们，或许也有一种骄傲的心理。可是对于我，这个胆怯者，弱者，根本不知道"人类尊严"的人，却是一个大大的刺激。或者是神经衰弱的缘故吧！有时候，这一声竟会使我突然惊跳起来，使同坐的 L 放了饭碗，奇怪的问我。

为了这件小小的事情，在饭后的谈话中，我便讲起我三年前的一篇旧稿来：

那时我还在 W 校读书，照他们严格的教会教育，每天饭后须得玩球的，无论会的，不会的，大的，小的，强者，弱者；凡是在一院里的，统得在一处玩，这是同其他的规则一样，须绝对遵守的。

一天下午，大家正照常地在草地上玩着足球，呼喊声，谈话声，相骂声，公正人的口笛声，……杂在一堆，把沉寂的下午,充满着一种兴奋的,热烈的空气。

忽然的,不知从时候地方进来了一条黄狗,他还没有定定神舒舒气的时候,早已被一个同学发见了。……一个,……两个,……四个的发见了！嗓逐起来了！

十个,二十个,……的嗓逐起来了。有的已拾了路旁的竹竿,或树枝当武器了。

霎时间全场的空气都变了,球是不知到了那里去了,全体的人发疯似的像追逐宝贝似的嗓逐着。

兴高采烈的教士——运动场上的监学——也呆立着,只睁着眼看着大家如醉如狂的追逐一条拼命飞奔的狗。

它早已吓昏了,还能寻出来路而逃走吗？它只是竖起两耳,拖着尾巴,像无头苍蝇一样的满场乱跑。雨点般的砖头,石子,不住的中在它的头上,背上……它是真所谓"惶惶如丧家之犬"了！

渐渐的给包围起来了,当它几次要想从木栅门中钻出去而不能之后。而且,那时它已经吃了好几下笨重的棍击,和迅急的鞭打。

不知怎样的,它竟冲出重围,而逃到毛厕里去了。

霎时间,毛厕外面的走廊中聚满了一大堆战士。

"好！毛厕里去了!"一个手持树枝的同学喊道。

"那……最好了!"又一个上气不接下气的回答着。

"自己讨死,……快进去吧!"

毛厕的门开了,便发见它钻在两间毛厕的隔墙底下,头和颈在隔壁,身子和尾巴在这一边。

可怜的东西,再也没处躲闪了,结实的树枝鞭挞抽打！它只是一声不响地,拼命的挨想把身子也挨过墙去。

噹噹的钟声救了它，把一群恶人都唤了去。

当我们排好队伍，走过毛厕的时候，一些声音也没有。虽然学生们很守规矩，很静默地走着；但我们终听不到狗的动静。

当我们刚要转弯进课堂的时候，便看见三四个校役肩着扁担，拿着绳子，迎面奔来，说是收拾他去了。

果然，当三点钟下课，我们去小便的时候，那条狗早已不在了，毛厕里只有几处殷红的血迹，很鲜明的在潮湿的水门汀上发光，在墙根还可寻出几丛黄毛。除此之外，再也没有狗的什么遗迹了。

一直到晚上，没有一个同学提起这件事。

隔了两天，从一个接近校役的同学中听到了几句话：

“一张狗皮换了二斤高粱，还有剩钱大家分润！”

“狗肉真香！……比猪肉要好呢！昨天他们烧了，也送我一碗吃呢。啊那味儿真不错！”

我那时听了，不禁怒火中烧，恨不得拿手枪把他们——凶手——一个个都打死！

于是我就做了一篇东西，题目就叫“勃郎林”。大骂了一场，自以为替狗出了一口冤气。

那篇旧稿，早已不知道到那里去了。可是那件事情，回忆起来，到至今还叫我有些余愤呢！……

我讲完了，叹了一口气，向室中一望：L已在打盹了。S正对着我很神秘的微笑着，好像对我说：“好了！说了半天，不过一只死狗！也值得大惊小怪的吗？”

我不禁有些怅然了！

十五年，十二，十五深夜草毕。

猫狗

◎梁遇春

惭愧得很，我不单是怕狗，而且怕猫，其实我对于六合之内一切的动物都有些害怕。

怕狗这个情绪是许多人所能了解的，生出同情的。我的怕狗几乎可说是出自天性。记得从前到初等小学上课时候，就常因为恶狗当道，立刻退却，兜个大圈子，走了许多平时不敢走的僻路，结果是迟到同半天的心跳。十几年来踽踽地踯躅于这荒凉的世界上。童心差不多完全消失了，而怕狗的心情仍然如旧，这不知道是不是可庆的事。

怕狗，当然是怕它咬，尤其怕被疯狗咬。但是既会无端地咬起人来，那条狗当然是疯的。猛狗是可怕的，然而听说疯狗常常现出驯良的神气，尾巴低垂夹在两腿之间。并且狗是随时可以疯起来的。所以天下的狗都是可怕的。若使一个人给疯狗咬了，据说过几天他肚子里会发出怪声，好像有小疯狗在里叫着。这真是惊心动魄极了，最少对于神经衰弱的我是够恐怖了。

我虽然怕它，却万分鄙视它，厌恶它。缠着姨太太脚后跟的哈巴狗是用不着提的。就说那驰骋森林中的猎狗和守夜拒贼的看门狗罢！见着生客就狺狺着声势逼人，看到主子立刻伏贴贴地低首求欢，甚至于把前面两脚拱起来，别的禽兽绝没有像它这么奴性十足,总脱不了“走狗”的气味。西洋人爱狗已经是不对了,他们还有一句俗语“若使你爱我,请也爱我的狗罢”(Love me, Love my dog.),这真是岂有此理。人没有权利叫朋友这么滥情。不过西洋人里面也有一两人很聪明的。歌德在《浮士德》里说那个可怕的 Mephistopheles 第一次走进浮士德的书房,是化为一条狗。因此我加倍爱念那部诗剧。

可是拿狗来比猫,可又变成个不大可怕的东西了。狗只能咬你的身体,猫却会蚕食你的灵魂,这当然是迷信,但是也很有来由。我第一次怕起猫来是念了爱伦坡的短篇小说《黑猫》。里面叙述一个人打死一只黑猫,此后遇了许多不幸事情而他每次在不幸事情发生的地点都看到那只猫的幻形,狞笑着。后来有一时期我喜欢念外国鬼怪故事,知道了女巫都是会变猫的,当赴撒旦狂舞会时候,个个女巫用一种油涂在身上,念念有词,就化成一只猫从屋顶飞跳去了。中国人所谓狐狸猫,也是同样变幻多端,善迷人心灵的畜生,你看猫的脚踏地无声,猫的眼睛总是似有意识的,它永远是那么偷偷地潜行,行到你身旁,行到你心里。《亚俪斯游记》里不是说有一只猫现形于空中,微笑着。一会儿猫的面部不见了,光剩一个笑脸在空中。这真能道出猫的神情,它始终这么神秘,这么阴谋着,这么留一个抓不到的影子在人们心里。欧洲人相信一只猫有十条命,仿佛中国也有同样的话,这也可以证明它的精神的深刻矫健了。我每次看见猫,总怕它会发出一种魔力,把我的心染上一层颜色,留个永不会褪去的痕迹。碰到狗,我们一躲避开,什么事都没有了,遇见猫却不能这么容易预防。它根本不伤害你的身体,却要占住你的灵魂,使你失丢了人性,变成一个莫名其妙的东西，这些事真是可怕得使我不敢去设想，每想起来总会打寒噤。

上海是一条狗，当你站在黄浦滩闭目一想，你也许会觉得横在面前是一条恶狗。狗可以代表现实的黑暗，在上海这现实的黑暗使你步步惊心，真仿佛一条疯狗跟在背后一样。北平却是一只猫。它代表灵魂的堕落。北平这地方有一种霉气，使人们百事废弛，最好什么也不想，也不干了，只是这么蹲着痴痴地过日子。真是一只大猫将个个人的灵魂都打上黑印，万劫不复了。

若使我们睁大眼睛，我们可以看出世界是给猫狗平分了。现实的黑暗和灵魂的堕落霸占了一切。我愿意这片大地是个绝无人烟的荒凉世界，我又愿意我从来就未曾来到世界过。这当然只是个黄金的幻梦。

谈狗

◎曹聚仁

不久以前,我所养的“小玲”给别人偷去了,不觉怅惘了几天。就在那几天,读了杜衡先生的《忆波比》,怦然有感于中,人间这一类的小缺恨原也绵绵无尽期的。在狗的故事中,和“波比”的名氏相近的有一只著名的“浦信”,它(Eobby)是爱丁堡城中葛雷福来(Greyfria)的爱狗,主人死了,它在坟上守了十二年。现在爱丁堡城中还竖着它的纪念碑。

狗的老祖宗,豺或狼都是非常凶悍的、猜疑的、阴险的。但是它们已经变成我们最相得的伙计,在埃及金字塔中就有它们的遗像。现在无论逗太太们欢喜的“腊卜狗”和在亚尔卜斯山救人命的“圣贝尔拿德狗”都是非常忠诚的。狗的样式,如腊卜狗,只和小猫一般大。而马斯乞夫狗就有小牛那么大,其他种种,有的胖胖的,有的细长的,都顺着我们的意向变成各个的形式。我们所养的“小玲”,属于巴儿狗的一种,这一类小狗,一天到晚纠缠在我们的桌下,摇摇尾巴,舐舐脚皮,偶尔嘤嘤叫几声,或者把我们的鞋儿拖来拖去,这就算尽他的职务了。可是有些警犬,吠声如豹,齿利如刀,只要走近他的警戒线,它就要给人们以最大的威慑。前些时,上海有一位邮差,给一家警犬咬下了“那话儿”,一时晕厥过去。所以它们的性质,也是顺着我们的意向,变成各个的样式的。

拾穗图　史国良作

杜衡先生说起他们所养的“波比”，晚上非上床睡觉不可，还要睡在他们两人的中间，四脚朝天躺在那里。狗儿床上睡觉，大概是巴儿狗一类的特种权利。其他各种狗，大都睡在狗窝里。狗在狗窝里的姿态，美国人摩尔曾加以研究。他说：狗临睡的时候，常是咕哩咕哩抓砖地，而且还要打许多圈子。这是为的什么呢？“因为狗在做狼的时候，不但没有地毯，连砖地都没有的睡，终日奔走觅食，倦了随地卧倒，但是山林中都是杂草，非先把它搔爬践踏过不能睡上去。到了现在，在现成的地方可以高卧，用不着再操心了，但是老脾气还要发露出来，做那无聊的动作。”这有名的解释，就是新典故“狗抓地毯”的来源。

狗难

◎柯灵

刮着风，天上有雨意。一个深秋阴晦的午后，我从上海近郊踽踽地跑回寓所。

经过一处荒场的时候，耳边送过一串呜呜的狗哭，夹杂着断续的吠声，听起来悲哀而惨厉。荒场上有莽莽的衰草，萧萧的白杨。一座孤坟站满了人，大半是拾荒的孩子，目光都望着坟旁那个用洋铁皮围成的小型圜墙；圜墙四周也围着人，一个个弯着腰，把头贴近圜墙的隙处，仿佛正在窥探里面的秘密。

我好奇地走近去，一只狗正在里面作悲愤的绝叫；但忽地砰然一声，破空而起，同时那叫声就寂灭了。

我挤进人丛，找一个小小的空隙，也开始向里面窥探。——原来那是个“狗牢”，每天从街头巷尾被用铁车捉了去的野狗都关在这里，这时候正有人在执行野狗的死刑。

我占的地位很好，里面的情境看得很清楚。狗牢的一面有一道门，进门处就用铁丝网划出个小小的地位；铁丝网的防线以外，大约有几十匹大小不等的野狗，彷徨无计地来回走动。

它们的眼睛发着异样的光，尾巴下垂，像一群饿狼。但它们的眼色是乞怜的，而且神情也显然不能镇静了；无可奈何地徘徊瞻顾，哭泣般呜呜地叫着。有的侧过头望望铁丝网里面的人——它们的刽子手，接着昂首向天，绝望地狂吠几声，似乎要乞求制裁；有的沿了洋铁皮的墙脚惶惶然走着，走到墙角边，略一犹豫，便纵身向墙顶跳去，想逃出这末日的惨劫，可是墙太高了，跳墙的结局只是被猛地摔倒在地上……

铁丝网里面出现了一个汉子，拿着一根竹杠，杠头上有一个活络的铁丝圈。

平时曾经听到过许多"义犬救主"一类故事，当那汉子闯入狗群的一刹那，它们便很快地从我记忆中浮起，想到狗子那一份天赋的聪明勇敢，我禁不住为那汉子担忧：我想他也许会被那些亡命之狗所包围。可是接着我立刻知道那是一种可笑的杞忧了，因为他刚一出现，狗子们就吃惊地远远避开。

汉子对准一只壮大的黄狗走去，那黄狗只是后退，等到逼近身边，悻悻然张开口来的时候，却早被那汉子从容举起竹杠，用铁丝圈套住了它的头颈——它的同类张皇地目送着它被拉进铁丝网，于是又彷徨无计地来回走着，呜呜地哭泣。

黄狗用它所有的力气在挣扎，在狺狺地绝叫，却被竹杠抵住了，动弹不得。另一个手里拿着怪异的手枪的人，把枪口对准了它的脑袋；砰！黄狗的眼睛应声翻了白，默默地倒下去了。汉子随手将它丢在一边，那儿堆着十几匹血痕狼藉的狗尸。

我闻到了一股刺鼻的血腥。

汉子又跑进了铁丝网，这一回捉住了一只有点癞皮的黑狗……我接连看了这被宰割的悲剧，最后向那些正在呜咽、呻吟、彷徨无计的狗子们，投了失望的一瞥，便怏怏离开了荒场。

呜呜的鸣声还是从后边传来，我有点悲戚。世上有一种奇怪的动物，他们有天赋的聪明，却没有合群自卫的习惯。狗子的结尾我已经看见了:一例的,分别的宰割,直到最后一匹。

我恍惚参观了人间地狱的一角。

天色显得更灰暗,昙云压得低低的,恐怕就要下雨了。

(1935 年)

狗

◎靳以

豢养猫啊狗啊的兴致，只是我的姊姊有的，用好话从亲友那里讨了来是她，关心饮食沐浴的是她，为着这些小动物流泪的也是她；自从被遣嫁了，她所豢养的猫狗，就死的死了，逃的逃了。就是到了辽远的×城去，在信中还殷切地问到花花黑黑的近况，她再也想不到随了中落之家，花花死了，黑黑从半掩的街门，不知逃到哪一方去了。

对于狗，在初小的时候就留下恐惧的影子。记得那是到左邻的一家去，在那家的后院里，我还想得起有许多只瓦缸，有的长着荷花，有的养了金鱼。把小小的头探在缸沿，望着里面的游鱼漾碎一张自己圆圆的脸影，是最感觉兴味的事。每次去把腿跨进一尺半高的门限已经是一件难事了，才怀着一点欣悦站到里面，洪亮的犬吠立刻就响起来。一只高大的狗跳跃着，叫着；颈间锁着的铁链声混在叫声之中。它的剽悍勇猛，像是随时可以挣断那条铁链，嘴角流着沫，眼睛像是红的。我总是被吓得不敢动一步，连反身逃走的心念也忘了，而为犬声惊动的好心主人，就会从上房走出来，一面"畜生畜生"地叱住了狗，一面走来领了我的手，还再三地说着："不要怕，不要怕，它不会咬人的。"

它真是没有咬过我，可是我每次走去，它总要凶恶地大叫一声。

“红眼睛的狗是咬死人的,尾巴垂下来的是疯狗……”不知谁和我这样说过一次,印象深深地刻在心中。“……要躲开它们,咬了要死的。”

已是一个怕狗的孩子,当然更会记得清清楚楚。却有一次,午饭后,许多同学都跑到学校后门那里去看疯狗,自己也就壮壮胆子夹在里面。在那小学校的后面,正是一座小药王庙,许多人围了庙前的旗杆。我钻进去,才看见这旗杆脚下用麻绳绑了一只黄狗。不大,也不记得尾巴是否垂下,只是被两三个汉子用木棍挥打。那条狗像用尽所有的力量想逃开,时时被打得躺在那里;可是过一些时又猛力地冲一下。它不是吠叫着了,它是哀鸣,它的嘴角流着血。相反我所有的记忆,那条疯狗并不使我恐惧,却引起我的怜悯。我想哀求他们停一停手,更多的人却笑着十分得意的样子。我只能忍着两只湿润的眼睛,又从人群中钻了出来。

那条瘦小的狗,它的哀鸣,它那流血的嘴,在我的脑子上涂了鲜明的色彩,梦中显现出来就哭着醒了的时候有过不止一次两次。

“为什么他们要打死它呢?”

想着,问着这同一的话,在抚慰着的母亲,只是温和地拍着身子,一直到又睡着了的时候。

长成了的时节,把活生生的人强制地置之死地的事也不知看过了多少桩,想来为着一条疯狗而流泪的举动是太愚蠢了。多少年的真实生活,把自己的个性磨成没有棱角随方就圆,不知是为了自己还是为了别人才活下去。一天又一天,每天都是不知为了什么忙碌着,可是我并不愉快,连一点安静的心情也很少有。

我的感觉渐渐地变为迟钝了，我知道我所看到和我所听到的，并不是不移的真实。由于恶的天性，由于虚伪，什么都变了样。我曾经做过十足的呆子，可是一个呆子，在这个社会上，也能得着一点小小的聪明。

有一次，真的深深地打动了我的还是一条狗，那是当我住在×城的时节。总是秋尽的十月天吧，还下着雨，随了雨俱来的是透衣的寒冷。我是从友人家出来，近黄昏，原是说好晚饭后才回去的，却为了一转念间想到早归，便起身告辞了。友人再三好心地留我，说是等雨停了再走也不迟；可是我知道黄昏还飘雨，总有一夜的淅沥。

不知道那一次为什么，我没有坐车子，便独自在雨中行走，也许是又记起来忘却的癖好。街上的人并不多，所以自己才得十分悠闲地迈着步子。

好像是在一个路口那里停下来，因为路不熟，正在想着该顺着哪一条路走去，一间破旧的房子正迎了我，响着细细的小狗的鸣声，低下了头，就看到破檐下墙根旁，一条狗卧在那里，三只或是四只还没有张开眼的小狗蠕蠕地动着，抢着去吃奶。

那是一条瘦得不像样子的狗，还在病着，好像再也不能活上两三天。身上的皮毛有几处是脱落了，雨又浇得湿淋淋的，半闭着的眼睛已经变了色，艰难地做着最后的呼吸，看得出腹部上迟缓的一起一伏。它就是蜷卧在那里，大约还是几天没有食物下口了，难得再移动一步。有时候它的眼睛张开了，眼珠显得十分呆滞，强自抬起头贪婪地看看那几个狗仔，便又闭了眼，垂下头去。可是它还不忘记把后腿动一下，或是把腹部转一下，为了使小狗能更容易些衔住乳头。有的时候一条小狗跑近它的头部,几乎是直觉地伸出舌头来,缓缓地一下一下在小狗的身上舐着。它却不记得泥水浸着它的身子,它也忘记了即将来临的死亡!……

我几乎是惊住了,就站在那里。有的人从我的身边过去了,像没有我的存在;有的人把好奇的眼睛朝我望了望。我自己可是被这景象所感动了,我几乎要流泪了。我不愿意过于柔弱,可是在这伟大的真情下,我怎么还能止住我的泪呢?觉得惭愧了吧,觉得渺小了吧,而在自己,为了那时母亲才故去不多时,心中更有着难以说出的酸楚呢!

兀自站在那里,不忍离去,雨是渐晚渐大了,心中在想着它们该挪动一下了,不然雨水会更多地落在它的身上,那么它更要少看几眼它的幼小者。

为着不幸的狗而深思着,却不提防雨水已经淋透了帽子还着着实实地湿彻了两肩。一股寒冷穿进了我的心,我的身子在微微颤抖着,我不得不再移动我的脚步;可是我的脚步是更迟钝了。

夜沉了下来,在细细的小狗的鸣叫之中,还有那条母狗的哀鸣。它是留恋呢,还是怨愤呢;却难为人所知了。

我还记得后几日间我总像听到那哀鸣的声音,而一闭起了眼,就像又看到垂死的狗和它那一群才到世上来的子女们。

狗性的痛苦

◎田仲济

常见人打狗骂狗，好像狗周身完全是卑污的性格，一点可取之处都没有。事实究竟是不是如此，我不知道，也不想去研究。在此也不打算引义犬救主一类的故事，或“狗是君子，猫是小人”一类的话，来为狗仗义执言。只是因有所见便有所感，于是随便说两句。所感的是什么呢？一句话，狗有狗的痛苦，是并没有什么大道理的。

同院住的一家养着两只狗，见了服装华丽的人就小叫，见了衣着褴褛的人就狂吠，充分显出他们狗性的势利眼。每次客人来到，主人照例拿着一条竹竿打狗！叱喝，追赶，狗被逼得各处躲逃，然仍绕着圈子向客人身上扑，不断地吠叫。狗在此种情况下，使人替它感到确乎很没趣。记得曾有人论这事情，以颇为讽刺的口吻说：“事实上，狗比它的主人常常是更凶恶。但当它正在吠得带劲的时候，主人出来，把它赶到一旁，而让它狂吠的客人作为上宾，狗心里该感到既没趣又悲伤罢。”

如今，我却不如此感觉。狗的行为完全是为狗的职务所规定，终日讨没趣或感悲伤好像也是命中注定的了。它心中或许也会因此感到痛苦，但既生而为狗，已具有狗性，是没有办法挽救的事情，就我所见到的情形以推测主人的心理，他是宁愿代客人执打狗之劳，却不愿狗见客人不吠的。犬守门猫捉鼠，是天赋职责。狗见客人不吠，便是怠工，不尽职守，在主人的眼中是废物。同院的两只狗如今就受着这致命的批判。因为院里又搬来了一家，来往的人越发多了。生人多得大概吠不胜吠了罢，狗变得除每天吃两次剩汤残饭外，丝毫不管人间事，来人连睬也不睬了。就是间或叫几声，也是有气无力，好似应付功令，毫不认真。于是狗主人感到将剩汤残饭喂它也可惜了，懒得每天再给它。理由是废物养着无用。本来狗的天职是守门，见了生人不睬不理，任其出入，岂不失掉它存在的意义？

在主人的心目中，自然客人的等级分若干种，有的愿意狗一口也不吠，惟恐他被惊吓着；有的愿意狗小吠，自己好有机会叱骂，赶打，以显示对客人的殷勤，这时狗最好一招呼即不再叫了；有的例如乞丐或债主之类，主人最厌恶的人，面子上虽不能不替他打狗，本意却喜欢吠得越凶越好。但非为万物之灵的狗，是难以明了藏在万物之灵的内部的它主人的衷曲的，更难以明白他和别人的社会关系，因此，它在尽忠它的职守时就颇为困难了。怎样才能适得其可，合乎主人的心意呢？没有办法。不说察言观色不是普通狗所能够轻易学得到的，从主人的举动上也实在难以推测出他是真心或者假意。

不吠既然不成，然则只有见生人即狂吠的一法了。所以我觉如今狗的行径是积若干年的经验而决定的，实在再没有其他更好的办法了。它有它非如此不可的困难，也有它非如此不可的苦衷。责任不在它身上，是应由它主人来负的。

说狗凶于主人或专讨没趣是它的恶德的，实在是过分了，主人训练它如此，它不能不如此，为了生活，它将也仍得如此下去。

晓得没趣。然而不能不继续赚没趣，这是生而为狗的痛苦。想不受这痛苦或者只有祈祷来生不再生做狗身的一途吧。不过狗要不再为狗脱掉狗性也是一件难事，所以狗的痛苦毕竟是难免的。

讲狗

◎周建人

讲起狗,几乎没有人不知道它是"粽子脸,梅花脚"的那一种走兽。它的毛色虽有黄,有黑,有黑白相间,或者还有别的变化。但它会摇头,会摆尾,并且会汪汪地叫,这些特性,叫人一见之后,不会忘记。普通狗的脸都有点像粽子,但也有"凹脸塌鼻头",好像要装作狮子脸,然而又不像。养狗的专家说世界上的狗约有二百种,有的身体很高大,有的小到只像一只猫。然而我们见了无论哪种狗,一见便知道它是狗,绝不会误看作别的走兽。因为狗的特性我们知道得很清楚。

世界上各处的居人,除却南海群岛之外,都养狗,因为狗有各种用处。猎人必须养狗,它替他找寻野味,捕捉野兽。又狗极警觉,猎人夜间如宿在帐篷里,有狗在旁,可以免除或减少被猛兽袭击的危险。爱司基摩人叫狗拉雪车。呵华特说有些地方的人又以叫狗捉鱼。它会把鱼赶到浅滩上,从水里捉起它们来。遇到战争时,救护员常须带狗,叫它去找寻伤兵,此外还有别种用途。狗的形状并不怎样美好,它的叫声也并不佳妙,直从远古时代养下来,今日凡有人烟之处,几乎无不养狗,可见大有原因了。但是狗到了变把戏的手里,生活真无聊。猴子骑在背上,打一个圈子,有什么意思呢。被牵在摩登女人的手里,路旁一耸一耸地走着,也一样的无聊。然而狗没有自觉力,并不以为苦。上海有一派的乞丐,养着一只狗,出来要钱时,自己坐着,叫狗前足跪下,后足立直,屁股耸得高高的跪在旁边。这简直是受苦刑了,然而狗好像并不怨恨。

西洋的作者中,讲起狗,常常说它是人的朋友。我想未必然。人的养狗,只因它对于人有用,无论猎人叫它帮同打猎,或渔人叫它帮同捉鱼等都是。富人养狗,是为了有了保险箱还怕不够牢靠。变把戏的养狗是为了赚钱,乞丐养狗是为了叫它代替自己跪求。摩登女人养狗是因为玩到没有东西可玩了,遂来玩狗;这即使不是利用,至少是玩弄。

有些作者常说狗很可爱。我想也没有什么可爱。我觉得狗太会叫,吵得人不安。早晨四点钟天还没有亮,丝厂里的汽笛便发大声叫唤工人,报告已开厂。工人提了冷饭进厂去,往往有狗追着叫。有经验的人说善叫的狗不咬人,哑狗倒更凶;然而便是这叫声已经够讨厌了。我的不爱好狗,不是全因感情作用,是更有别的理由的。我常见富人的狗看见穷人常常要叫;穷人的狗看见富人却常常不叫。这不由得不叫人觉得狗心势利,缺乏理智,不可以做朋友。我又常见狗受它的主人的指使时,便奋不顾身地去咬生人;被主人打骂时却俯首帖耳,表示服从,还要摇摇尾巴,表示亲密。我记得法国的大名家蒲封曾说过:狗有不思报复,单知服从,没有野心等德性,这些性质我实在不敢称赞。狗的用处,在某些方面,当然也很大,对于猎人,探险者等,的确大有帮助,它的用处我绝不肯一笔抹煞;但是对于有些夸奖的话,不敢赞同。它比之于象或熊,性质实在卑劣。象对于人,性质也很驯良的,但它能辨别好坏,知道敌和友。熊不喜欢随便攻击人或兽类,但它如觉得必须抵抗时,它便凭它的大力进攻,决不让步,不像狗的看见徒手的人便叫，拾起石子，它逃去了。但是狗的性质如果单单存留在狗身上，那倒还没有什么要紧，如果被人学去，事情将更糟糕。狗性质一经跑进人体，他不但学会了摇头摆尾，而且他会把无论什么都很爽气地卖掉或送掉！

犬

◎吴德铎

夏历壬戌属犬。今年又是犬年。

我们有犬年,西方则将每年中的一段时间称为犬日。在古罗马,它指的是每年的七月三日至八月十一日;现在,指的是每年中最热的四十天,与我们的大伏天颇相仿佛。

哲学家上有个出名的犬儒学派,犬儒之所以得名,一说是因他们过着极其简陋的生活。有一个这样的传说,一天,亚历山大去看犬儒学派的第欧根尼,这位马其顿青年皇帝自我介绍说:“我是亚历山大,别称大帝。”哲学家听了,淡淡地回答说:“我叫第欧根尼,别名叫狗。”因为他胆敢捋不可一世的亚历山大大帝的虎须,雅典人用大理石给第欧根尼建了一纪念碑,占着碑的顶端的位置的,是一头狗的雕像。

巴斯克维尔猎犬,出自著名的福尔摩斯探案故事,它被训练成谋财害命的恶犬;莫泊桑短篇小说《一个哥尔斯方式复仇》,主要情节是讲一个寡妇,依靠一头猛犬替儿子报仇。近来有人认为,无论柯南道尔(福尔摩斯的塑造者)还是莫泊桑,显然均受中国元人杂剧《赵氏孤儿》的影响。后者是最早传到欧洲的中国文学作品之一。它一开头便有个屠岸贾自我介绍如何训练神獒来谋害赵盾;《金瓶梅》和《东周列国志》都重复了这一说法。一个狗的故事,在文学领域造成如此巨大的影响,说明人们对狗有着浓厚的兴趣。

在资本主义社会里,人不如狗和种种现象不胜枚举,我们看了则不免触目惊心。有意思的是明末遗民屈大均《广东新语》有条《番狗》,其中有云:“番狗,矮而小,毛若狮子,可值十余金,然无他技能,番人顾贵之,其视诸奴团也,万不如狗!”这当是我国揭发西方世界这类不合理现象的最早历史文献。

(1982 年)

我喜爱小动物

◎冰心

我喜爱小动物。这个传统是从谢家来的,我的父亲就非常地喜爱马和狗。马当然不能算只小动物了,自从一九一三年我们迁居北京以后,住在一所三合院里,马是养不起的了,可是我们家里不断地养着各种的小狗——我的大弟弟为涵在他刚会写作文的年龄,大约是十二岁吧,就写了一本《家犬列传》,记下了我家历年来养过的几只小狗。狗是一种最有人情味的小动物,和主人亲密无间,忠诚不二,这都不必说了,而且每只狗的性格、能耐、嗜好也都不相同。比如"小黄",就是只"爱管闲事"的小狗,它专爱抓老鼠,夜里就蹲在屋角,侦伺老鼠的出动;而"哈奇"却喜欢泅水,每逢弟弟们到北海划船,它一定在船后泅水跟着。当弟弟们划完船从北海骑车回家,它总是浑身精湿地跟在车后飞跑。惹得我们胡同里倚门看街的老太太们喊:"学生,别让您的狗跑啦,看它跑得这一身大汗!"我的弟弟们都笑了。

我家还有一只很娇小又不大活动的"北京狗",那是一位旗人老太太珍重地送给我母亲的。这个"小花"有着黑白相间的长毛,脸上的长毛连眼睛都盖住了。母亲便用红头绳给它梳一根"朝天杵"式的辫子,十分娇憨可爱,它是惟一的被母亲许可走近她身边的小狗,因为母亲太爱干净了。当一九二七年我们家从北京搬到上海时，父亲买了两张半价车票把“哈奇”和“小花”都带到上海，可是到达的第二天，“小花”就不见了，一般“北京狗”十分金贵，一定是被人偷走了，我们一家人，尤其是母亲，难过了许多日子！

谢家从来没养过猫。人家都说“狗投穷，猫投富”。因为猫会上树、上房，看见哪家有好吃的便向哪家跑。狗就不是这样！我永远也忘不了，四十年代我们住在重庆郊外歌乐山时，我的小女儿吴青从山路上抱回一只没人要的小黄狗，那时我们人都吃不好，别说喂狗了。抗战胜利后我们离开重庆时，就将这只小黄狗送给山上在金城银行工作的一位朋友。后来听我的朋友说，它就是不肯吃食。金城银行的宿舍里有许多人养狗，他们的狗食，当然比我们家的丰富得多，然而那只小黄狗竟然绝食而死在“潜庐”的廊上！写到此我不禁落下了眼泪。

爱犬的天堂

◎冯骥才

一位久居巴黎的华人，姓蔡，绰号“老巴黎”。他问我：“你在巴黎也住了不少天，能说出巴黎哪几样东西多吗？”

我想了想，便说：“巴黎有四多。第一是书店多，有时一条街能碰上两三家书店。第二是药店多。第三是眼镜店多。这两种店的霓虹灯标志到处可以看到，药店的霓虹灯是个绿色的十字，眼镜店的霓虹灯是个蓝色的眼镜架；眼镜店和书店总是连在一起的，看书的人多，近视眼肯定多。至于第四，是——”我故意停顿一下，好加强我下边的话，“狗屎多！刚才我还踩了一脚！”说完我笑起来，很得意于自己对巴黎的“发现”。

“老巴黎”蔡先生说：“你们写文章的人观察力还真不赖。这四样说得都对。只是最后一样……看来你很反感。这说明你对巴黎人还不了解。好，这么办吧，我介绍你去个地方看看，这地方叫做阿斯尼埃尔。”

待我去到那里一看，阿斯尼埃尔原来是一座公墓。再一问，竟是一座狗公墓！它最早是在塞纳河的一个小岛上，后来这岛的一边的河道被填平，它便成了岸边的一块狭长的阔地，长满了花草树木，在这中间耸立着一排排墓碑。不过它比起人的墓碑要小一号，最高不过一米。在每一块小巧而精致的墓碑下，都埋葬着一个曾经活过的人间宠物。

狗公墓也和人的墓地一样宁静。静得像教堂，肃穆而安详。坟墓的样式很少重复，有的是古典式样，有的很有现代味，有的是自然主义的做法，用石头砌一座狗儿生前居住的那种小屋，墓碑上边刻着狗的名字，生卒年月，铭文，甚至还记载着墓中的狗一生不凡的业绩。比如一个墓碑上说“墓主人”曾经得过“七个冠军”。还有一个墓碑上写着“这只狗救活了四十个人，但它却被第四十一个杀死了”。虽然我不知道这只狗的故事，却叫我感受到一个英雄的悲剧。让我觉得这狗的墓地绝非只是埋葬一些宠物那么简单。

不少坟墓还有精美的雕像，或是天使，或是盛开的花朵，或是“墓主人”的形象。有的是一个可爱的头，有的是奔跑时的英姿。远看很像一座狗的雕塑博物馆。它与人的墓地不同，便是每个墓碑前都修了一个方方正正的大理石的台子。大理石的颜色不同，有黑色的、白色的，也有绛红色的，上边摆放了各式各样的陶瓷的小狗、小猫、小车、小家具、小娃娃、小罐头、小枕头等等，这是狗的主人来扫墓时摆上去的。人们对待这些可怜的狗，就像对待自己早夭的孩子一样，以此留下他们深挚的怀念。

细细地看，就会看出每件陶瓷小品都是精心挑选的，都很精致可爱。有的墓前摆了很多，多达十几种，但多摆放得错落有致，像一个陈设着艺术品的美丽的小桌。这之间，有时还有彩绘的瓷盘和瓷片，印着一帧墓中小狗的照片，或者生前与它主人的合影。可是，往日的欢乐现在都埋葬在这沉默大地的下边了。

刚走进阿斯尼埃尔时，我看到一个胖胖的老年妇女由一个男孩子陪同走出来。一老一少的眼睛和鼻子都通红，显然他们刚刚扫完墓正要离去，神情带着十分的伤痛。后来在墓地里，我还看到一对来扫墓的年轻夫妻。女子抱着一大束艳丽的鲜花，男子提着两大塑料袋的供品。一望即知他们与死去的爱犬深如大海般的情谊。他们先把大理石台子上的摆饰挪开，用毛刷和抹布清洗干净，然后从包里把新买来的陶瓷品一件件拿出来重新布置，细心摆好，再用鲜花把一些衬托起来。那男子蹲在那里，一手扶着墓碑；那女子则站在他身边，双手抱在胸前，默默而立，似在祈祷，垂下来的长裙一动不动，静穆中分明有一种很深切的哀伤。我看到墓碑上的他们爱犬去世的时间为一九九五年。一只小狗死去五年，他们依旧悲痛如初。人与狗的情谊原来也可以同人与人一样深刻吗？

旁观别人的痛苦是不礼貌的。故而我走开，与妻子去看墓碑上的碑文。我爱读碑文，碑文往往是人用一生写的，或是写人一生的。碑文更多是哲理。然而这狗墓地的碑文却一律是情感的倾泻，是人对狗单方面的倾诉。比如：

“自从你离开我，我没有一天眼睛里没有泪水。”

“你曾经把我从孤独中救了出来，现在我怎么救你？”

“咱们的家依然有你的位置，尽管你自己躺在这里。”

“回来吧，我的朋友，哪怕只是一天！”

在一棵老树下，有一座黑色的墓碑，上边写着埋葬者的生卒时间为 1914—1929。这只狗的主人署名为 L. A.。他写道：

“想到我曾经打过你，我更加痛苦！”

看到这句话，我被感动了。并由此知道狗在巴黎人生活中深层的位置。狗绝对不是他们看家护院的打手，不是玩物，也不是我前边说过的——宠物，而是人们不可缺少的心灵的伙伴。

在狗与人互为伙伴的巴黎生活中，天天会演出多少美好的故事来？

那么，这里埋着巴黎人的什么呢？是破碎的心灵还是残缺的人生？

阿斯尼埃尔的长眠者，不只有狗，还有猫、鸡、鸟、马。据说很早的时候还埋葬过一只大象。埋葬的意义便是纪念。对于巴黎人来说，这种纪念伙伴的方式由来已久。这墓地实际上是巴黎的古老的墓地之一，其历史至少一百五十年以上。现在墓地里还有一些百年老墓。狗的墓地与人的墓地最大的不同，是人有家族的血缘，可以代代相传，香火不断，坟墓可以不断地重修；但人与狗的缘分只是一生一世，很难延续到下一代。故此，阿斯尼埃尔所有的古墓都是坍塌一片。但这些倾圮的古墓仍是一片人间遗落而不灭的情感。

扫墓的人，常常会把狗爱吃的食物带来。这便招来城市中一些迷失的猫，来到这里觅食。当地政府便在墓地的一角为这些无家可归的猫盖了一间房子。动物保护组织派来了一些人，在屋子里放了许多小木屋、木桶、草篮，铺上松软的被褥，供给猫儿们睡觉。每天还有人来送猫食。这些猫便有吃有喝，不怕风雨。它们个个都肥肥胖胖，皮毛油亮。阿斯尼埃尔成了它们的乐园和天堂。

这墓地也埋葬猫，也有猫的墓碑和猫的雕塑。有时墓碑上端趴着一只白猫，你过去逗它，它不动，原是一个石雕。有时以为是雕像，你站过去想与它合影留念，它却忽然跳下来跑了。

这情景有些奇幻。世上哪里还有这种美妙的幻境?

回到我们的驻地,我给那位“巴黎通”蔡先生打了个电话,他问我感受如何,我说:“我现在对街上狗屎有些宽容了。”

他说:“那好。宽容了狗屎,你会对巴黎的印象更好一些。”

心中爱犬

◎琦君

我并没有真正养过狗,却先后丢失两只狗。这话怎么讲呢?原来是,第一只狗是房东的,在一个冬天的晚上,她送我到汽车站,房东不小心把它关在门外,就此不见了。我担心它一定是进了香肉锅,为它难受了好多天。不久朋友送来他邻居的狗,托我代养。对我来说,也是慰情聊胜于无。偏偏的它又特别顽皮捣蛋,外子非常地讨厌它,就悄悄地把它送回去了,又使我嗒然若丧了好几天。

一个对小动物没有兴趣的人,是无法体会爱小动物的心情的。我爱猫、爱狗,甚至对过街的老鼠都不讨厌。猫养过三只,都不得善终,搬住公寓以后,便断了养猫的念头。至于狗呢?我是无论如何想养的。我把养狗列为退休后的重要项目之一。

我的好几家邻居都有狗。有的甚至一家大小数口,人各一只。清晨,傍晚,祖孙三代,牵着在巷子里遛,阵容非常浩大,叫我这没狗的人好不羡慕。它们中有的是高视阔步、气宇轩昂的狼狗。主人特地为它请一位"驯狗师",教它跳、坐、握手、咬人等等动作,每月敬师五百元。训练完毕以后,大门口就得挂起"内有恶犬"的牌子,拒人于千里之外。

另有一种是面目狰狞却是心地良善的拳师狗,你可以跟它打招呼，它倒不盛气凌人。更有一种是四肢短短、鼻子扁扁、专供玩乐的北京狗，听说它身价万元，饮食定时定量，时常地伤风打喷嚏，得给它打针进补，天气稍冷就打哆嗦。这几种狗，看来也只是富贵闲人才养得起。

只有一只名叫"哈利"的可怜巴巴的丑小狗，这有家等于无家。因为主人并不爱它，每天一大早就把它关在大门外，它在巷子里惶惶然踯躅着。鼻子上面永远有一块红斑，是想回家在门槛下空隙处碰的伤。比起那几只有主人陪着它一起散步的狗，它可说命运很不好。过去巷子转角有一个鞋匠，时常拿冷菜剩饭喂它，还替它洗澡，它就把鞋匠当作第二主人，每天在他脚边相依相守，一脸的忠厚相。

我走过它身边，拍拍它，它亲热地摇摇尾巴。晚上鞋匠收摊了，它只得回到自己的家门前，主人才放它进去，因为要它看门。我有时招手叫它过来。它走到我门口，犹疑一下，还是掉头回去了。那个家再怎么缺少温暖，究竟是它自己的家，狗是不会见异思迁的。

最近鞋匠搬走了，哈利失去了它的朋友，天天坐在家门口，垂头丧气的样子。狗若能言，或我能通狗话，它一定会向我倾诉满心的委屈吧。我不懂，不喜欢狗的人为何养着狗？养了狗又要虐待它，这种心理是否和虐待童养媳是一样的。

记得几年前在报上看到一篇"文章"，作者说她因朋友送她一只名犬，乃将一只无法治愈的癞皮狗弃之门外，任它悲鸣多日而后失踪。这满心以为她为忏悔而写此文，没想结尾处是非常得意于她自己的理智的选择。我读后几乎为那只命运悲惨的癞皮狗掉眼泪，因此在街上看到癞皮狗都格外同情。

有一次，我在车亭等车，忽然来了一只瘦瘦小小的狗。我看它鼻子黑黑,眼睛亮亮的好可爱,就蹲下去逗它玩,它友善地坐下来陪我。车子来了,我舍不得上,一连过了三辆车,我不得不上了,狗也表示要上车的样子。乘客们还以为是我的狗呢。

外子说我前生一定是狗,所以今生仍带狗性,此话我听了最中意。我倒不想有“慧根”“佛缘”之类的美称。有狗性,有第六感,能与狗建立最好的友谊,我就很引以为豪了。

还有半年,我就可以无“职”一身轻了,到那时,第一件事就是养一只善解人意的狗。我不要什么拳师狗、北京狗等的名种,我要一只平平常常的土狗就行了。我幼年时的伴侣小花小黄都是土狗,却都非常聪明、忠心。我也不要给它取什么“拉克”“弗兰克”等的洋名字,我要叫它“弟弟”或“妹妹”,视性别而定。

我和我的孩子都要全心地教养它,使它获得不爱狗的外子的欢心,使外子相信狗会给他带来许多梦想不到的乐趣。比如你看报或工作时,它会静静地待在你身边;下班回来,一到家,它会给你衔拖鞋;至于握手、起立、坐下等基本动作,都用不着花五百元请老师教,因为我有把握教得会。我曾把一只土猫教会衔纸团到我手心来,狗是更不必说了。

人是免不了有不快乐的时候,也有寂寞的时候的。在你最最不快乐、或真正感到寂寞的时候,只有狗才是你最最好的伴侣。你不用跟它说一句话,彼此默默相对,这忠实的眼神望着你,就能为你分担忧愁。

狗,多可爱的小动物,我多么希望有这么一个寸步不离的好朋友。可是现在我还不知道它在哪儿。也许它还未来到人世,也许它已经出生了。有时我走过狗店,看看笼子里挤在一堆的小狗，我向它们招呼，每只小狗都来闻我的手指尖，呜呜呜地叫着，仿佛在说“收养我吧”。为了目前的环境难兼顾，只得按捺下爱犬之心，等待哪一天，佛家所说的“缘分”来到。到那一天，一定会有一只矮胖胖的乖小狗，摇摇晃晃地闯进我的生活的。

狗

◎陈冠学

男人的生命角隅里似乎天生就摆着一只公狗窝，一如他的屋子里摆着一张供女人睡的床一般。坐在屋檐下，脚边伏着一只公狗，忠心的，朋友似的，兄弟似的，这么一个异形体的盟伴。它或者伸伸火焰似的舌头对他吐吐气，或者翻起眼睑来看他一两眼。走起路来，二者如影随形，两个心灵永远那样贴近，预备随时并肩协力，却是全用不着言语。这是生物界稀有的奇特景观之一，两个生命套在一个框子里。

因着这个生命框子，便不难理解，有人口处就有狗口；即连科技渗透一切的现代大都会，看似全无容狗功能处，而狗口依然跟随都市人口而生长。男人生命内里确是自始就带着这样一个异形体的兄弟或盟友，为男人所不可或无。当然女人也不是不爱狗，女人是男人的一半，凡男人之所爱，她自然也有一半的爱着。不过女人总是将狗当宠物，因此她们真正喜爱的多半是小形体的狗种，这跟男人本性里那并肩协力的盟友之爱是有些出入的。

平生只饲过一只公花狗，跟平生只养过一次猫一样，令我不时地热切怀念。看着别人带着一只狗走在路上，异常羡慕，过去自己带着公花狗一起走路的温馨感协力感，便不期然地油然而生。人生，一段段地过去，无可奈何地过去了。即使有机会再饲一只狗养一次猫，年事已非往昔，过去绝非可以重演，触心将多于赏心，想想，还是算了，因此我不再饲养猫狗。说我是对猫狗一往情深也好，对人，反而少有这样情深的心境。人跟人之间，总是有遗憾，总不似人与物的融融无间。

虽不饲狗，却满目是狗，夜里不时可听见狗吠，蛰伏蜗居，白日里也不免有狗来访。听见一阵沙沙的枯叶声，那准是狗。走入果园，你哪里晓得有一只狗伏在枯枝堆后，贴着耳朵，尽窥伺着，好像它是小偷，正犯着罪行，生怕你发现了它，将它揪了出来似的。待你走近枯枝堆前，它委实急慌了，不得不不顾一切地蹦出来，一溜烟，向天之边地之角逃窜。你说它是什么样的狗呢？它，不折不扣是只魁梧雄伟的大公狗哩！然而它自知理亏，羞于见人，其实它只不过走进果园来散一会儿步罢了。你说，它可爱不可爱？

有一对狗，都是公的，同是土黄色的皮毛，大的一只形体类似瑞士高山上的救生犬，称得上是硕大。小的一只，其实体形比一般土狗还粗些，只是跟身长身围对比起来，腿脚嫌短些。这一对狗，一前一后，一只垂耳，一只竖耳，老是横着果园走过，一天要过十来回，永远循着一条固定的路线走，一步不差，日久居然走出一条结实的蹊来。徐仁修先生看见了，啧啧称奇，还拍了照。它们是哪一家的狗呢？来来去去，由这一头入，由那一头出，不知道到底在忙着些什么？静静地在一旁观看，看久了仿佛觉得看见两个穿了登山服的探险家，正在走向他们的征途，一前一后，还不停地在讨论着些什么。但它们一天往复走好几回，则又不像是探险家了。不管它们像什么，它们从这一头或那一头出现，我就觉得它们仿佛是两个人类，我一直是这样的感觉。这一对狗为什么老走这条路，我一直不解。而这一条路也只有它们两个走。但不论如何，我一看见它们，心里就感到愉快。它们是一对好友，没有第三者的一对好友。若有一天它们消失了，我定会怅惘无似。有时候我也会循着它们的蹊走一遭，蹊的两旁尽是草，我一向放纵果园里的草。我试着想象我也有一个好友，我们每天来来往往走出了一条小蹊径，一前一后，边走边谈论着，那情景多么令人向往啊！不久前看见那只救生犬颔颈上套了项圈，还拖着一条铁链，很为它担忧，生怕它给卡在某处脱不得身。果不出所料，半个小时后，它们又从南边那一头进来了，在北边那一头，铁链就挂住了，挂在铁蒺藜的刺尖上。那小的一只在前，竟未曾觉察，留下那只救生犬默默站在那里。若无人救它，它饿死前定会先渴死。我走了过去，它恐惧地朝我狂吠。花了约五分钟的时间，我用友善的声音让它安了心，然后解除了钩挂，它却依旧站在那里不走。心想直接解除它的项套才好，只是恐怕有几分冒险。我将铁链向前方丢了过去，它才晓得是解开了，望了我一眼，拖着链条向前走去。我颇为它担心，万一它在别处又挂住了，怎么办？自那天以后，有半个月了，未再看见那一对狗，心里未免大大地狐疑着。它，生死未卜，希望是给它的主人链住了才好。

谁能像老天那样兼容并包，无选择无好恶之情地接纳一切？世人也许无有。果园里前后来过两只癞透了的大狼狗，在先的是只母的，后来的是只公的。那公的引我厌恶的时间并不长，不久不知所终。那母的一只，令我厌恶到了极点。一个人不曾看见过癞透了皮的狗，便无法想象那嫌恶人的情况。它遍身没一根毛，它那没有毛的皮看来仿佛是铅片打成的，到处是褶裥，是疙瘩，还发着恶臭，而且步伐踉跄，东倒西歪。敞棚里摆着四把蚶子椅，那是家里接待客人的半露天客厅，每早起来，都看见它窝在椅子上睡，午间又来窝着午睡，每把椅子它都睡，一回睡一把，每次都掉下许多痂片，也有湿的卡在人造藤的夹缝里，窝囊之至。这只狗，教我每天冲洗椅子一次以上，也有这样可厌的狗。后来我发誓要打杀它，向它大声吼叫，且掷石头。它不见了，却是死在果园的另一头。

这只老癞皮母狗给了我大而持久的冲击。我是唯美主义者，唯美主义者说来是残酷的，唯美主义者一般都缺乏耐丑性，也就是说，唯美主义者对丑没有忍耐力。世人有谁能永远是年轻的、健康的？年轻健康且未必是美，何况是病态老态？唯美主义者对病人和老人，即使有爱心，能耐得多久呢？这实在是件可怕的事实。身为唯美主义者，处处遇见艰难，看见那只老癞皮母狗的第一眼，便感到莫名的嫌恶。也曾经冷眼旁观，流露出怜悯，然而终是嫌恶超过怜悯。近来，对自己也起了嫌恶。人总不能蓬头垢面见人，早起梳洗，晓镜银丝，眼看着自己一天天的越来越老越丑，禁不住厌嫌暗生，屈指距那老癞皮公狗的日子已不远，正不知将来会怎样对待自己？人生不应有丑有病有老，人可以刹那毁灭，不合受这凌迟。美人迟暮，对唯美主义者来说，这是人世最残酷的一项事实。那老癞皮公狗母狗，曾经年轻过，标致过，但愿是那时遇见！既已成了垃圾，不论在彼在此，是人是已，岂能不以垃圾处置之？

今年夏天里发现一只半癞皮狗，这半癞皮狗如今却令我喜。对于唯美主义者，这真是件不可思议的事。

那时天气委实热，到村里杂货店买东西，看见货架中间通道上磨了碎白石的地板上躺着一只半癞的狗，在那里熨凉。一阵嫌恶，不由得踢了它一脚，那只半癞皮狗夹了尾巴溜了出去。这间店是对母女开的，女儿来应门，我指给她看，这女儿轻松地回我赶它不走。我在心里自语：你幸而不是唯美主义者。其实唯美主义者并不是天生的，人格原是后天塑成的，你塑它什么主义便成什么主义。下一回去，又看见那只狗在那里，又踢了它一脚。后来那只狗一见我便自动溜出去，她们母女倒不甚介意。几个月过去了，一天，小学放学时间，这女儿的小孩子背着书包回家来，我刚走到街上，看见那只狗在半路上迎接他们小兄弟，一派的欢喜，跳上去，拦腰亲昵地咬着，多感人啊！我跟那位母亲谈那只狗。那母亲一叠的赞美，说这狗多死忠、多漂亮，还扳起它的头来，"哪，你看，它这脸多秀啊！"其实，我一点儿也看不出它秀来，它终究是只半癞皮狗。"它是顶庄的弃狗，我下田它跟着我下田，挥也不走，赶也不走，打也不走。它身上发臭，讨厌死了，可是它就是死跟着我。我回家来，它也跟回家，待在家里，不出店门一步，绝对不出去跟庄里的狗玩耍，这是只好狗。它既决心要做我们家的狗，它那样死忠，我们就收留了它，给它治虱。你看，现在它的癞皮都快好了。"母亲赞美了一阵子，女儿过来赞美了一阵子。我发表了《田园之秋》，不少读者认我是高人。若我是高人，这一对母女算是超人了。真真羡慕她们！然而所谓超人者，不过就是个常人罢了。做高人易，做常人难，孔子在两千多年前一再感叹地说："中庸之为德也至矣，民鲜能久矣。"中庸就是平常。人类自从进入文明，人人都想出人头地，没有人愿意做个寻常的人，这使得人世大乱。人人都是高人，常人不就成了超人了吗？

村子里有只黑狗，走起路来格外威风，遇见它是件愉快的事。它已不年轻，若按照人类的年龄来计算，约当六十耳顺的年纪，怪不得它老成持重。它的乌毛不止已失去光泽，看来还有尘味，而左右臀上因着岁月的磨蹭，各结着一片比十元镍币还大些的厚茧，竖耳翘尾，臀、尾毛蓬松而微长，显见得它不是纯种土狗。我坐在长板凳上候车，它沿着这一边的路旁，缓缓的、庄重的、威风地踱过来，竖耳翘尾，昂首直视，旁若无人，好不尊严。其实它的个子并不大，土狗的中下身材，而气概十足。它踱过去绕十数步，又转了回来，依然是先前的姿态。来到我的前面时，我禁不住啧啧地唤它，它竟友善而威严地拐过来，闻闻我伸出的指尖，然后又向前踱去。我满心是欢喜，万物静观皆自得，人世只差少有静观者，因之也就少有自得者。

说狗

◎吴冠中

我居住的小区公园里，每天下午四时左右，许多宠物狗被主人牵来嬉耍。在茵茵绿草地上，不同体状、不同毛色的各类品种的狗们欢叙，追逐，引得游人围观，如看马戏班的演出。尤其这些牲口在光天化日众目睽睽之下性骚扰，性争夺，更成了观众们好奇的关注点，它们却闹得格外欢腾。二十世纪四十年代在巴黎，看到那些戴着面纱的妇人牵狗大街行，狗随地拉屎，我是反感的。半个世纪，欧风东渐，谁也没挡住洋狗入侵，我们的商店里也开辟了为狗服务的生活用品专柜，狗在中国奠定了社会地位。

童年，农村里狗不少，不吃狗肉，主要利用它看守门口，贼来它便狂叫，尤其夜里，起到有效的警卫作用。“犬吠深巷中”，看来养狗有久远的传统，估计都为了防盗。但农家犬都是穷的，人们只能将残羹剩饭喂狗，狗吃不饱，必须自己在外觅食。妇女们捧着孩子拉屎时，便噜！噜！噜！噜！叫狗来等着吃屎，狗吃了屎，连地也舔得干干净净，不需打扫。大家瞧不起狗，骂人的时候便比之以狗：走狗、狗养的、丧家之犬、狗屁不如……狗没有身份，没有明显的用场，便没有被豢养的保证，摇尾乞怜是它的生存状态。人们之所以骂狗，就因它为了温饱，全无骨气。我记得故乡的狗大多是瘦狗，样子很难看，连孩子也打它们。它们随地拉屎，每早，有穷人到处捡狗屎，卖作肥，他们比狗还可怜。衣食足而后知荣辱，这话也适应于狗，猎狗、牧民的狗，其重要性一如农家的牛，至于警犬，其价值胜于珠宝，这些狗性大异于农村的狗性。

从鸡犬相闻的老子时代延续下来，狗一直是农业社会中永未消失的成员，低贱的狗与贫穷的主人数千年来患难与共，甚至出现不少义犬救主的事迹。“画兽难画狗”这是画技之箴言，说明人们对狗形之辨别，一如对自己的手认识得深刻。龙，是帝皇们选取的象征，是宫廷的图腾；而狗，最具民间的属性，它没有狮虎的雄威，但确是中国人民苦难生活的伴侣，烙印着民族民间的标志，相对照，龙是统治者浮夸的梦。闻说大翻译家、学者杨宪益先生暮年卧病，孤居于银锭桥附近的民宅里，我读到他的诗，其中一句：“银锭桥边藏病狗。”他自嘲，也透露了他对狗的体悟。

中国传统中虽也偶有豪门大宅养狗自娱的故事，清宫中许多永远得不到皇上宠幸的宫妃，据说也有养巴儿狗用作性自慰的，并有这方面的春宫画图。但整体看，狗在中国社会中一直是生存维艰的奴役者，忠心而卑贱的奴役者，“狗”作为一个最通俗而特殊的名词一直继承下来，人人读得懂，无人须要重新审视。随着新世纪的经济大潮席卷大陆，价值观更新，西方的生活、思想、文化的相融居然影响到狗的生死存亡之命运。目前，爱犬者多多，尚未闻有如西方之狗之公墓，估计也会出现的。

狗这一辈子

◎刘亮程

一条狗能活到老，真是件不容易的事。太厉害不行，太懦弱不行，不解人意、太解人意了均不行。总之，稍一马虎便会被人剥了皮炖了肉。狗本是看家守院的，更多时候却连自己都看守不住。

活到一把子年纪，狗命便相对安全了，倒不是狗活出了什么经验。尽管一条老狗的见识，肯定会让一个走遍天下的人吃惊。狗却不会像人，年轻时咬出点名气，老了便可坐享其成。狗一老，再无人谋它脱毛的皮，更无人敢问津它多病的肉体，这时的狗很像一位历经沧桑的老人，世界已拿它没有办法，只好撒手，交给时间和命。

一条熬出来的狗，熬到拴它的铁链朽了，不挣而断。养它的主人也入暮年，明知这条狗再走不到哪里，就随它去吧。狗摇摇晃晃走出院门，四下里望望，是不是以前的村庄已看不清楚。狗在早年捡到过一根干骨头的沙沟梁转转；在早恋过一条母狗的乱草滩转转；遇到早年咬过的人，远远避开，一副内疚的样子。其实人早好了伤疤忘了疼。有头脑的人大都不跟狗计较，有句俗话：狗咬了你，你还能去咬狗吗？与狗相咬，除了啃一嘴狗毛你又能占到啥便宜。被狗咬过的人，大都把仇记恨在主人身上，而主人又一古脑儿把责任全推到狗身上。

一条狗随时都必须准备着承受一切。

在乡下，家家门口拴一条狗，目的很明确：把门。人的门被狗把持，仿佛狗的家。来人并非找狗，却先要与狗较量一阵，等到终于见了主人，来时的心境已落了大半，想好的话语也吓得忘掉大半。狗的影子始终在眼前窜悠，答问间时闻狗吠，令人惊魂不定。主人则可从容不迫，坐察其来意。这叫未与人来先与狗往。

有经验的主人听到狗叫，先不忙着出来，一个门缝往外瞧瞧。若是不想见的人，比如来借钱的，讨债的，寻仇的……便装个没听见。狗自然咬得更起劲。来人朝院子喊两声，自愧不如狗的嗓门大，也就缄默。狠狠踢一脚院门，骂声“狗日的”，走了。

若是非见不可的贵人，主人一趟子跑出来，打开狗，骂一句“瞎了狗眼了”，狗自会没趣地躲开。稍慢一步又会挨棒子。狗挨打挨骂是常有的事，一条狗若因主人错怪便赌气不咬人，睁一眼闭一睁，那它的狗命也就不长了。

一条称职的好狗，不得与其他任何一个外人混熟。在它的狗眼里，除主人之外的任何面孔都必须是陌生的、危险的。更不得与邻居家的狗相往来。需要交配时，两家狗主人自会商量好了，公母牵到一起。主人在一旁监督着。事情完了就完了。万不可藕断丝连，弄出感情，那样狗主人会妒忌。人养了狗，狗就必须把所有爱和忠诚奉献给人，而不应该给另一条狗。

狗这一辈子像梦一样飘忽，没人知道狗是带着什么使命来到人世。

人一睡着，村庄便成了狗的世界，喧嚣一天的人再无话可说，土地和人都乏了。此时狗语大作，狗的声音在夜空飘来荡去，将远远近近的村庄连在一起。那是人之外的另一种声音，飘远、神秘。莽原之上，明月之下，人们熟睡的躯体是听者，土墙和土墙的影子是听者，路是听者。年代久远的狗吠融入空气中，已经成寂静的一部分。

在这众狗狺狺的夜晚，肯定有一条老狗，默不作声。它是黑夜的一部分，它在一个村庄，转悠到老，是村庄的一部分，它再无人可咬，因而也是人的一部分。这是条终于可以冥然入睡的狗，在人们不再去的僻远路途，废弃多年的荒宅旧院，这条狗来回地走动，眼中满是人们多年前的陈事旧影。

（2001年1月）

狗的时间观念

◎鲍尔吉·原野

常听到狗的故事。如某人远走某地，把狗送人寄养。过了不久——《史记》将此写为“居无何”或“居无几何”——狗在某个早晨出现在前主人面前，像一个周游世界的乞丐一样眼泪汪汪，如谓：这就是你干的好事。主人原以为吾犬不可见兮，见此，惟有痛哭。居无何，狗死掉了，累的。长时间的奔跑，不舍昼夜。没有教练，没有科学的运动量，没有营养师配餐。狗跑死了。闻此，吾每每太息：不能养狗。在品德上我们不及狗，养反生累。虽然里根尝言，若想在华盛顿找一个朋友，就只好养一只狗。华盛顿的政客、律师太多，何以解忧？狗。

狗的奇不只在忠诚，还在听话。听话者，闻其言观其行，进入人类的话语系统。我对此理解尚浅，狗怎么会听懂人话呢？倘如此，说明它掌握相当大的单词量，粗通语法。歌星最爱说一句话：“观众朋友们，你们好吗？”这话牵涉指代，“观众朋友”与“你们”是一回事，“们”乃复数，“好”与“吗”指出状态和疑问。狗众朋友们，你们懂吗？我的无数养狗的朋友以不容怀疑的事实举证——比这复杂的话，狗也懂。

那么，这个事先放下，算懂。而在东村，吾堂兄朝克的狗懂的是蒙古语，更显好笑。狗懂汉语已经很难，怎么会懂蒙古语呢？对狗来说，蒙古语与汉语孰为难懂，由专家研究。我说的是，当格日勒远逸之后，狗也离开了东村。

我在朝克家见过格日勒那只狗，名巴达荣贵。当朝克痛斥格日勒的丈夫不治生产时，与淮阴的漂丝妇女骂韩信口气差不多："大丈夫不能自食。"狗在炕沿下面聆听摇尾，而后抬头看格日勒的丈夫宝莲。

格日勒家里最干净的东西是锅，不怎么做饭。我爸莅临格府，先掀锅盖，见而痛心，"看看！看看这锅！"格日勒、其夫、其狗都低下了头。我爸接着找粮食。如果有粮食而锅太干净，证明其侄女懒。然而没找到粮食，吾父叹气，背手离去。巴达荣贵欢快地追随我爸，围前围后，极尽跳跃。它发现，在那些日子里，我爸到了哪里，哪里的锅就开始忙，香味绵延飘散。

过了不久，即居无几何，吾妹格日勒被牵涉到一桩愚蠢的讼事之中。他们借了别人两千元的高利贷，房子、马、几只羊和锅，特别是地，转移到债权人手中，反欠人家三千元钱。他们到苏木(镇)上请干部主持公道。说：我们借了这个人两千元钱，还不上，抵了财产，为什么反欠他三千元呢？干部把大茶缸子往玻璃砖的桌子上一蹾，说："懂不懂法？"

格日勒一怔，其夫躲到她身后，巴达荣贵"嗖"地跑了出去。

我听我妈介绍到此，不禁赞叹。只一句"懂不懂法？"就把什么房子、地、谁欠谁钱都挡回去了，既不打，又不骂，还跟政策沾边儿，显示了语言的威力。愚夫愚妇怎么敢回复懂或不懂法？退一万步，姑且说"懂"，干部再问："懂什么法？"还得败下阵来。谁能尽知世上都有什么法。在东村那个地方，司法助理、法庭庭长、派出所所长都由一人担任，即蹾茶缸子的干部。身兼数职是为着节省开支、减轻牧民负担，他还兼有其他官员的妹夫、外甥和舅爷这些社会职务。

巴达荣贵被“懂不懂法”吓跑了，宝莲在哆嗦。格日勒由于脑瓜不开窍，还嘴：“反正我不欠他三千元钱。”她意思是房子、地都没了，钱应该抹掉。

助理·庭长·所长.com又问：“懂不懂利息？”

格日勒败下阵来，她真不懂什么叫“利息”。朝克解释，钱和别的东西不一样，它要下崽，崽就是利息。格日勒认为朝克的解释很下流，无端地把钱与生殖连在一起。

她反问：“你们家的钱在箱子里下崽吗？胞衣埋在了房后吗？”

朝克称：“钱在自己家里下不了崽，借给了别人，一定会下崽。银行就是钱下崽的好地方。”

“Bie Lie！”格日勒说。这句话不好翻译，约有“妖障”的意思，骂人话。

在法和利息的威慑下，格日勒一家决定逃走。他们走了，谁也不知道去了哪里。朝克知道格日勒要跑，但没问具体地点，当然也没有送行，免得自己喝醉之后说出去。

过了半年，消息隐约传过来，说格日勒在锡盟。

下面说狗，即巴达荣贵所为。格日勒走后，巴达荣贵一度在村里游逛，也去朝克、阿拉它（格的二姐）和利宝（阿的长子）家里串门。居无何，这狗没了。不知什么时候，有人提起这个话题：巴达荣贵呢？

“吃肉了。”朝克认为这事太简单，有好事者将此丧家之犬宰了下酒，无他。一只无人庇佑之狗，又不治生产，问它做甚。

事实上，巴达荣贵奔赴锡林郭勒大草原，去找格日勒。但事实如此平凡，就不值得写下来。巴达荣贵到了锡盟之后，并没有去格日勒所在的东乌珠穆旗，而去了距东乌珠穆旗三百里外的西乌珠穆旗的某人家里。有狗自远方来，这家人收之，和羊群同出同入。

隔了两年，即七百三十个日夜之后，格日勒和宝莲离婚。这消息是听我妈说的，我问："后来呢？"

"后来，格日勒又找了一个人，建筑队的。"

"是蒙古人吗？"我问。

"是。"我妈回答。过了一会儿，她突然说："哎，可别说了。你猜猜，格日勒在新婆家见到谁了？"

"谁？"

"嗨嗨，可别说了。狗，东村的巴达荣贵，跑他们家去了。"

"格日勒的狗跑到后结婚那个男的家去了？"

"对！"我妈拍腿，"格日勒还没离婚呢，狗先上他们家了。"

"这么巧？"

"什么巧？"我妈说，"这个狗见过那个男的，格日勒早就跟他有来往。"

我不禁惘然："狗早就知道格日勒会离婚？"

"谁知道。"我妈感叹，她对离婚的事历来感叹，"格日勒算乱套了。"

格日勒的生活，早就"乱套了"，经济、政治无不如此。然而其狗巴达荣贵仿佛已经预知这一切，暗中等待甚至及早介入。如果狗真的这么聪明的话，人更不敢养它们了。譬如一个沈阳人想上广州读EMBA（高级工商管理硕士），而狗早在南国的校门口蹲着，太那个了。再者，某官喜敛，后收监青海劳改，那么在青海的一个农场的田埂上，官的犬正向他张望，更那个了。

狗犹如此，人何以堪。

（2003年10月）

狗的雕像

◎张承志

在大时代里可以怀念人。司马迁生逢其时，所以总结那雄奇时代时，他的一部部列传写得笔下生花，愈节省笔墨愈韵味无穷；《刺客列传》只是用残墨写了几位不能不写的“恐怖主义者”——二十个世纪后不知为什么连中国的电视台也操着一股盎格鲁·撒克逊式的正统秩序维护者的腔调，念出“恐怖主义者”几个字时带着一种判死刑的味儿——但那《刺客列传》却是伟著《史记》的压卷之笔，永远地发射着难言的、异端的美。

活不在那种时代则容易怀念狗。比如前苏联就制作过一部狗电影《白鼻姆黑耳朵》，让人感动不已。不用说近年来狗电影、狗电视、狗文学养狗之风之长盛不衰，不能不认为其中深藏着人类的时代感和潜意识。

在日本，连狗都知道在东京涩谷车站前面有一只狗的雕像。不用说，带着一个动人的狗故事：不外是战乱离散，主人一去不返，那狗便“死心眼”，死死地在那儿等，一直等得死在它主人约会的地方。日后，日本人为了抒发忠诚和宣扬这种死而不渝的品质（日本人非常重视这种“不渝”；侵略战争过去半个世纪了，而他们有几分“渝意”呢）——在涩谷为此狗铸了铜像。至今凡约会在涩谷的人都流行把地点定在狗像前边，以表示自己也那么忠诚；至少能做到不见不散。

在东京挣扎着的百万外国人对那条铜狗大体上态度淡漠。大约是在那儿约得多了，发觉只是给那条日本狗做了宣传，而事实上日本人远非那么守信用，尤其是无利可图的时候。于是，怀念故乡狗的现象就产生了。

狗的回忆，有复杂的动机也有复杂的联想。世上狗文学的主流大致上是吹嘘：比着吹自己的狗的奇、猛、忠、灵。不节制的例子，有描写狗不仅跟狼咬而且跟豹子咬的。而我见过的狗却都很平常，平常得像一堆土。

那是在乌珠穆沁，我在那儿插队的第三年。不用说，牧人家都有几条狗；我家的几条狗中，有一条名叫吉里格。这种狗名字其实不算名字，草原上“吉里格”这个音类似于狗的通称也类乎一种唤狗的声音。

吉里格可没有那种斗虎斗豹的奇遇记，有没有直接与狼撕咬过，也弄不清楚了。它只是一只忠实的北方牧羊犬，壮健多毛，脑壳硕大，浑身是黑色，喜欢卧在包的正南方——监视着一切走近的异己者。那一年它大约是十七八岁，已经老得不能再老了，眼睛呆滞、瞳孔混浊，嗅觉也已经失敏。牙齿软了，额吉每天留心给它弄些稀食喂。它搂着一块骨头左啃右啃咬不下肉来的时候，额吉默默地蹲在地上陪着它。

那一年不仅仅是狗虚弱的一年。我插队住进的这一家牧民，因为说不清的复杂家族关系，在政治上正处于一个或者光荣地留在革命阵营，或者危险地陷进牧主阶级的边缘。草原不动声色，但是阴沉地把一种薄薄的恐怖气氛送过来，让它弥漫在我们家那顶灰旧毡包的四周。

——不是那时身在其境，不是那时身困其间，今天我是绝对无法体会也无法总结的；那时我们被身份和地位而鞭挞，我们这个家族包括我这名插住其中的知识青年，都在忍受人类最卑鄙的本性之一——歧视。

谁都知道，但谁也不说的东西最真实。

那个冬天来我家毡包串营子的人依然很多。我们包里的成员，包括刚刚四岁的男孩巴特尔，神色中都有一丝小心翼翼，有那么一点逢迎和胆怯。有两个例外：一个是我，刚满二十岁的我那时虽然感到压力很大但是心中不服，受不了那些趾高气扬地来串营子的牧民。对他们我冷淡而怀着敌视，但那座毡包不由我做主，说透了我是这个包的缘分更远的客人。一家之主是额吉的独子阿洛华哥；他那赔笑脸说奉承话的一天天的日子，真叫我讨厌透了。还有一个例外是吉里格；它老糊涂了，忘了世态和处境，有时会突然闷头闷脑窜出来，咬住人的毡靴不放。它的牙齿已经没有劲头，齿尖也没有了锐利，所以一般是能吓人一跳、咬人一疼，而不会咬出血来。

真是那样：人弱得没有说一句硬话的勇气，狗弱得一嘴下去咬不出血来。然而这一切并没有突发事变，并没有戏剧性和什么特殊性，日出日落，四野茫茫，积雪平静地随着寒风变厚着，一切都循着秩序。当一天天都是有苦说不出来时，那苦也就无所谓苦了。

一九九二年冬，当我从日本回来的时候，我猛地悟出了我与那一家蒙古牧民之间情分的缘由。

在东京每当路过涩谷，我都绕过去看看那条铜狗。看着它时心里想起了吉里格，我变得怀疑一切编造的狗故事，我觉得我这种心情与涩谷聚集的各国流浪汉们非常相似——因为在他们的神情中也有一丝对那铜狗的隔阂和蔑视。

在那里能看见各种外国流浪者。最谦恭的表情属于孟加拉人，最自尊而因为无法施展而显得拘束的是伊朗人；无畏地唱着歌，跳着舞以求掩饰自己的孤单和慌乱的是拉丁美洲人。为着一个共同的目标，挣小日本儿的钱，大家五湖四海地走到一起来了。人群中最隐蔽而一眼便可以发现的是中国人，当浸泡在歧视的空气中的时候，中国人是不唱歌、脸上也不会出现好斗的自尊颜色的。

我想着狗的事，趁无事好做和这些流浪汉们寻机攀谈。孟加拉人要攫住每一口食物，但不泯灭的善良天性使人微微心动。拉丁美洲人跳成一个盾形，故意不理睬世界，愈没有人扔钱他们唱得愈凶，艺术原来是穷人护心的盾。我和一个伊朗小伙子偶尔闲谈起来。凭着伊斯兰教，我们能互相信任地谈。他被一个日本警察奚落了一顿，原因是他向警察问路，那警察先把他问了个底儿掉。进入日本的伊朗小伙子大多用旅游签证入境，然后四处寻觅重体力劳动——日本人借他们一臂之力解决劳动力不足的困难，再随心所欲地收拾他们。我和他聊得很痛快，聊海湾战争，臭骂美国佬。

这时，有几个醉醺醺的穿西服的日本人围住那群拉美歌手。一个醉鬼不知为什么亢奋了，搂住那弹吉他的小伙子又蹦又跳，其相丑恶难以形容。吉他手不知所措，因为那丑恶的醉鬼付了钱——我想起一个打工朋友说的话：日本人真是连男人也要调戏一番的动物。我和那伊朗小伙子停住了闲谈，看着狗像前那歌摊。我们都有点紧张，都不知那几个拉美歌手会怎样。在这个无耻的世道，人心很像火药库，爆炸只需非常小的一个火星。

但是,歧视如果有强大的贫富为依据,歧视会被社会接受。爆炸是一件非常困难的事,因为背叛了的社会太冷了,不给你一个炸的温度。

那拉美吉他手腼腆地、好不容易甩开了穿西服的鬼子。他也一样,在这样的世道里人没法子炸,哪怕让鬼子"调笑"一通。

我看着这一幕,猜测着换了我会怎么样。伊朗小伙子盯着这一幕的眼光阴沉,我一时无法判断这十二伊玛目派的青年在想什么。

那一年我家最怕客。准确地说,是我和额吉两人厌恶客人。那个冬天的客人中,有不少人有那么一点像涩谷狗前面的西服醉鬼:说他坏似乎又没有坏到该揍他,说他不坏他一丁点儿一丁点儿地欺负你的心。额吉是一切的原因,因为她的出身问题(她已经是老太婆了还是逃不开出身!)弥漫而来的不祥空气,压得我们喘不过气来。

整个冬天我心情烦躁。冻硬的牛粪绊着脚,羊群已经急得啃围毡和车辕了。天空一连两个月阴霾不开,不下雪,只是白毛风刮得积雪一天比一天硬。下午四点钟羊群回盘,我们忍着冻忙着圈里圈外的活。最后忙碌完了钻进包门时,冬日的草原已经漆黑了。这种时候人全心全意想着的只是热腾腾的羊肉面条;而往往在这种时候不速之客推门进来了。

如果是能称之为朋友的客,人谁都不乏好客之心,更不用说牧人。但是若来一种心理上怀有一分欺主之意的客,那一天惟有的喘息和暖和就算完了。

七十年代初，草地上很盛行这一套。成群结队到了一家门口，进门后热热闹闹地扯皮，气氛快活融洽。而主人多是“四类分子”、牧主富牧——贵客临门赶紧张罗还惟恐不及，谁还会去计较微乎其微的心理！我曾在一篇小说中写到过这种天天迎接欺主之客的人，他每个月打发这些来客要用一二百斤粮食(《北望长城外》)。不用说，这一套是轮不到我家的，因此那时和以后很久我都没有认真思考过人性的这一面。

我住的阿洛华哥家轮上的，是近似歧视的一种交往。我当时只是极端地反感，但是狗咬刺猬无处下嘴，像那个在涩谷卖唱的拉美小伙子一样。然而，老狗吉里格可是不管有刺无刺，该下嘴就下嘴。它老透了，老得失去一切判断和分析的能力，老得鼻头眼睛黏糊糊分辨不清，它只凭一个大致的好恶，并且本能地行动。

那一天是晴天，羊群疲惫地走不远便大嚼起来。中午我哥来换我回家喝茶，我就离开了羊群。

拴马时看见牧民 A 的马，配着他漂亮的银鞍。我进了包，看见额吉正在招待 A 喝茶。我端起茶碗顺便坐在门槛上，和 A 问答了几句。

这一天的 A 和往常没有什么不一样的地方。喝着茶，扯扯天气膘情、草场营盘，半个时辰后他告辞了。

吉里格突然一口咬住了他的腿。

A 惨叫(该说是惊叫) 时，我们都没有弄明白发生了什么事。一向蹲踞在毡包南线面对辽阔原野的吉里格，不知什么时候守候在门口，而且似乎等候一般把大黑脑袋紧凑着门槛。很久以来，它不吠叫了，有时无缘无故地低吼几声，嗓音浓浊，分辨不清它的心情。它闷声闷气就是一口，咬住了 A 刚刚迈出门槛的靴子。

我反应过来以后马上想到的是：A不会受伤。吉里格的牙齿已经全坏了，以前我也曾被它咬过一次。毡靴筒上只被它的牙床嵌出几个小坑。但是，A似乎受了不可思议、无与伦比的巨大惊吓和摧残，他好像被咬漏了脑壳，那藏着已经很久的邪恶一下子泄了出来。

他抡起马棒打狗时，我的嘴角还残留着一点笑；额吉甚至还带着歉意地替他呵斥吉里格。“滚开！……你这疯狗！……打，狠狠地打！”额吉喊着。

但是，打狗的客一旦动了手，就不仅仅只想出一下气或挽回一点面子了。A打了几棒以后，发生了一个倏忽间的变化：他动怒了，决心要打个痛快，打出威风来。

我特别记牢了这个瞬间闪过的变化。这就是那种谁都知道但谁也不说出来的真实。A与我家住得太近了，他与我哥的往来太频繁了，草原上今冬阶级复查的风刮得太紧了，四下里议论我们这个包的时候那敌意太明显了。A并不是自动与我们住得这么近，草场是官们划分的；他和我哥并不是朋友，接触多只是因为住得近；他是无可争辩的贫牧成分，他犯不着让那股蔓延的敌意也沾上自己的身。我牢牢看清了他要抓住这个碴口与我家来一场矛盾纠纷；尤其今天是晴天，家里只有老太婆一个人。

一两分钟之后，A怒吼的词已经变成“杀”，他咆哮着一定要杀了老狗吉里格。

他抡圆了马棒(乌珠穆沁的鞭子都有一截圆木棒，有些人则用长马棒当鞭子)，疯狂地打狗了。吉里格看不清楚，所以躲闪很慢。棒子重重打在老狗的肉体上，发出“嘟嘟”的钝声。

狗看不见，便不躲闪。我听见它喉咙里咕噜噜噜地低声吼着，声音又粗又重。

第二次我遇见那位伊朗小伙子时，他是单独一个人。涩谷狗像前人很多，日本学生们正等着黄昏降临，然后去寻欢作乐。我和他谈到十二伊玛目，谈到中国境内的塔吉克。他的父亲和哥哥都是完成了朝觐的哈智，他对此很自豪。我问他是住在城里还是乡下。他说现在住在德黑兰，小时候在乡下放羊。

说着放羊的时候，我们都瞟了一眼那条铜狗，谁也没有说什么。

还扯到女人，伊朗人在日本都是单身打工，不带家属。不管合法的工或是黑工，他们的目标是挣上一笔钱就走，谁也不与这个国家过多纠缠。这一点与中国人非常不同。伊朗人只要日本人的钱，他们要做伊朗人；而中国人没有这么简单的原则。他反问我，为什么有那么多中国女人在日本，"她们都坐上出租车了吧？"他问。

我们都笑了。这是个挺惟妙惟肖的描写，虽然有点尖刻。但是笑了一下就作罢了，我和他都心神不定。半晌，他说，他要回伊朗去。

我问："工作没有了？"

他凝视着我，点点头，接着又说道："没有房子住。"

我无法回答一个字。劳动力缺乏的东京，自由租赁房子的东京，我们实在是太熟悉了。谁也不说，谁都清楚的是人对人的歧视。一个岛国居然歧视诸如波斯、中华那样大的古国，我们也曾古怪和不解，但世界就是这样。

——那是我最后一次见到那位伊朗青年。我俩没有去说不愉快的事,我不愿追问他怎样被不动产商人拒绝租房,也没有追问他怎么找不到工。我俩能找着快乐的话题,更重要的是,在彼时彼刻,在那群男女包括那条铜狗中间,我们俩之间的平等和尊重是真挚的,没有染上一星肮脏的歧视病。

那天分手时,我觉得铜狗是虚伪的,狗的雕像不应该如此,因为忠实的狗遵循的是一种人类学不会的原则。但是关于怎样塑立一个狗的塑像,那天我没有想清楚。

身躯高大魁伟的伊朗——波斯小伙子消失了。我和他的邂逅已经结束。在灯光闪烁的涩谷,他的背影非常俊美。这美消失了,但是没有被歧视人的世道玷污。回到他动荡而贫穷的故乡以后,他要负起沉重的生活。但那生活毕竟不会这么压迫心灵,我想着不禁为他松了一口气。

伊朗人的思想是正确的。忍受妻儿分离的苦楚,挣它一笔钱便一去不回。不留下一丝一毫的情感和企望给他们,一切都寄托给自己的、像人一样的生活。高原的牧羊犬和美丽纯洁的波斯女人在等待着,在离开之前确实无需回顾。

他根本没有再看那铜狗一眼。他住在都市但生于牧羊人之家,我猜他一定也曾养过几条出色的好狗。在我和他之间这种似有似无的交往中,他从来没有提起铜狗一个字。或许,他只是视那条狗为一块铜,一个装饰,一个符号,一个形状,他内心深处根本没有认为那也算一条狗。

勃然大怒、复苏了体内对我家的蔑视的A,可能不再认为吉里格是一条狗。衰弱的吉里格已经不会躲了,一动不动地立直身子,低垂着黑毛茸茸的大脑袋。马棒打在它的背上,打得它一晃一晃，但是它不会躲，不逃开。它浊哑地呼呼吼着，那声音——后来我久久回味过，但至今我不能讲明那声音里充溢着的，究竟是愤怒、是绝望、是抗议，还是轻蔑。而A愈打愈张狂、愈打愈滋长了欺负人侮辱人的快意。“杀了它！杀！杀！”他单调地骂着，充血的眼里闪着罕见的凶光。

不知这一切都是怎样发生和转变的。A从吃惊(也可能还有疼痛)到发怒打狗，再到决心杀狗欺主——其实是杀狗斗主，他要制造与我家决裂的斗争——仅在一两分钟之间就完成了。同时，在同样的瞬间里，额吉也从吃惊、道歉、呵斥吉里格，而突然地转变为要救吉里格的命。

白发苍苍的额吉死死扑在吉里格身上，把狗压倒，用身体护住了狗。我万万没有想到，我简直不能想象，她居然会有这样的举动。

A无法下手了。他举着马棒，围着额吉转着，寻找能下手打到狗的缝隙。但额吉拼死地伏在地上，掩护着吉里格。A被瓦解了，虽然他还在骂骂咧咧——这是他这一类蒙古人的伎俩。他显然被震惊了，但他还要掩饰，他不知如何收场才好，所以只好尽着一张臭嘴唇不停地动。

我看见，侧面山冈上，笔直地冲下来一骑马。阿洛华哥发现了家门口的动静，他赶回来了。那匹马笔直地冲下陡坡，溅着一条笔直的雪雾。

这就是我，刚满二十岁时的我目击的一次打狗欺主。这也是我第一次面对面地看到对人的欺侮。那时我没有懂得这种罪恶源于歧视，我更不可能想象当时我认为已经被压迫得气闷的牧民，在未来也可能去歧视别人。

这件事刀刻一般留在了我的心上。不论岁月怎样淘刷，直至今天我无法忘记它。也许,连我自己也感到古怪的、关于我和那位蒙古老人之间的感情,全是因为这个基础。有朝一日,倘若她的后代远离了那种立场和地位,或者说倘若他们也朝着更低贱、更穷的人举起马棒的时候——我和他们之间的一切就将断绝干净。

阿洛华哥马到门前,为A造成了下台阶的机会。他不用尴尬地对着一个褴褛的老太婆举着马棒了,但是他可以同儿子继续斗。

我没有介入。我哥的囊脾性早叫我烦透了。他是绝不敢一斧子,哪怕是一鞭子抡向A的。隐隐伴随了他多年的低下地位造成的软弱,使他也练就了一副嘴皮子。他只敢说,决不敢动——两个汉子吵了个天翻地覆,吵到太阳下山,A累得回了家,但是不仅没有惩罚也没有决裂,一个月后A又恬不知耻地常来常往了。

A来串营子时,不敢用头往包门里钻,而是用屁股拱开门,倒着进包。我看见他就恶心,不过,这种人太多了,我后来也就司空见惯。

其实吉里格睬也不睬他。吉里格对A如鲁迅所说,采取的是最彻底的蔑视。A以后每次来串包,都换不来一声狗叫。吉里格远远蹲在包正南方的草地上,正襟危坐,凝视着茫茫的草原。

吉里格终于衰老得到了那一天。

那是后来,有一次,它摇摇晃晃地觅食。那天太阳照得很暖。后来它晃荡回南面那片草地上,卧了下来。吉里格晚年的日子大致天天如此,在阳光下昏睡,因此谁也没有留心。

次日,它还卧在那儿。

再过了一天,它仍然卧着不动。我询问地望望额吉。额吉没有说什么。它那身漆黑的毛被风吹拂得掀动,我无法猜测它在做什么。

吉里格就这样,渐渐地融化在我们家南方的草地上。黑毛皮溶蚀了,变得浅淡模糊。我们仍然不去惊动它。最后,应该说它消失了,那正南方草地上只剩下一个架影,像一丛芨芨草,像一个黑黝黝的土包。

翌年那儿真的出现了一个土堆,上面密集地长着蒿草。那一丛草比平地高出一具狗身,永远地留在了我驻过青春的营盘上。

以后几年,甚至十几年后我骑马走过那里,眺望旧营盘时,总是能清清楚楚地望见那一丛草。

写这么一个平淡的狗故事当然不合时宜。不过我早就决心写写这件事。时宜是否引人堕落我不关心;但是一个新秩序正在这个世界上形成,流行的时宜也许使人忘记这秩序可能压迫自己,因为它公开打着歧视的旗帜。

这一切方兴未艾。再写下去人会说这是故作危言。共鸣的消失,再次证明着人的变与不变。离开那条铜狗的伊朗小伙子,离开那条铜狗的我,都迎着生存、孤立、正义几个壁立的巨大质问。但是我们失去了人的参照却仍拥有狗的参照;我们能够找到答案,制造出有美的生存方式。

无论处在怎样的时代,人类中的美从没有终绝。狗通人性,正因此狗才那样动人地追随,那样始终不渝。

不能让狗说人话

◎贾平凹

西安城里，差不多的人家都养了狗，各种各样的狗，每到清晨或是傍晚，小区里，公园中，马路边，都有遛狗的，人走多快，狗走多快，狗走多快，人走多快。狗是家里成员了，吃得好，睡得好，每天洗澡，有病就医，除了没姓氏，名字也都十分讲究。据说城里人口是八百万了，怎么可能呢，没统计狗呀，肯定到了一千万。

这个社会已经不分阶级了，但却有着许多群系，比如乡党呀，同学呀，战友呀，维系关系，天罗地网的，又新增了上网的炒股的学佛的爬山的，再就是养狗的。有个成语是狐朋狗友，现在还真有狗友了。约定时间吧，狗友们便带着狗在广场聚会，狗们趁机蹦呀叫呀，公狗和母狗交配，然后拉屎，翘起一条后腿撒尿，狗的主人，都是些自称爸妈的，就热烈显摆起他家的狗如何的漂亮，乖呀，能殷勤而且多么地忠诚。

忠诚是人们养狗的最大原因吧。人是多么需要忠诚呀，即便是最不忠诚做人的人，他也不喜欢不忠诚的人和动物。因此，这个城里，流浪的狗并不多见，偶尔见到的只是一些走失的狗，而走失的狗往往就又被人收养了。流浪的多是些寻不着活干的人，再就是猫。猫有媚态，却不忠诚，很多猫都被赶出家门了。

曾有三个人给我说过这样的事，一个是他们夫妇同岳母生活在一起十多年,在儿子上了中学后,老人去世了。这几年他养了一只狗,有一天突然发现狗的眼神很像岳母的眼神,从此,总觉得狗就是他岳母。另一个人,他说他父亲已经去世七八年了,但他越来越觉得家里的狗像他父亲,尤其那走路的姿势,嘴角一抽一抽的样子。还有一个,他家的狗眼睛细长,凡是家里人说话,或是做什么事情,狗就坐在墙脚,脑袋向前倾着一动不动,而眼睛一眨一眨地盯着,神色好像是什么都看着了,什么都听着了。他就要说:到睡房去,去了把门撞上!狗有些不情愿,声不高不低咕嘟着,可能在和他犟嘴,但狗能听懂人话,人却听不懂狗话,狗话只是反复着两个音:汪汪。

我突然想,狗如果能说了人话呢?

刚一有这想法,我就吓出一身冷汗,天呀,狗如果能说人话,那恐怖了,每日都有惊天新闻,这个世界就完全崩溃啦!试想想,外部有再大的日头,四堵墙的家里会发生什么呢,老不尊,少不孝,恶言相向,拳脚施暴,赤身性交,黑钱交易,行贿受贿,预谋抢劫,吸大烟,藏赃物,制造假货,偷税漏税,陷害他人,计算职位,日鬼捣棒槌,堂而皇之的人世间有太多不可告之外界的秘密就全公开了。常说泄露天机,每个人都有他的天机,狗原来是天机最容易泄露者,它就像飞机上的黑匣子,就像掌握核按钮的那些大国的总统,令人害怕了。狗其实不是忠诚,是以忠诚的模样来接近人的各个家庭里窃取人私密的特工呀。好的是,这个社会,之所以还安然无恙,仅仅是狗什么都掌握着,它只是不会说人话。

上帝怎么会让狗说人话呢,不会的,能说人话它就不是狗了,也没有人再肯养狗了。

是的,不能让狗说人话,永远不能让狗说人话。

狗的悼文

◎莫言

人与狗的关系由来已久。当人在洞穴里点着火堆御寒取暖、恐吓野兽时，狗也许还是围着火堆嚎叫着、伺机吃人的野牲口吧？等人进化到了半坡遗址所标志着的文明程度，狗就被驯化成了伏在火堆前、对围着火堆的野牲口狂吠的家牲口——由人的敌类变成了人的帮手了。仔细想起来，这不知道是狗的进化还是狗的退化？是狗的喜剧还是狗的悲剧？反正这种大概在山林里也没像虎豹熊狮那般威风过的野兽从此就堕落了呢还是文明了呢？——总归是也与人类一起，远离了山林，渐渐步入了庙堂。

古往今来，关于狗的故事，层出不穷，难以胜数。救主的狗、帮闲的狗、复仇的狗、看家护院的狗、帮助猎人驱赶野兽的狗、与它们的表兄弟——狼——搏斗的狗，还有野性复发重归了山林的狗，还有经过了多少次、多少代的选优提纯、弄得基本不像狗的哈巴狗、狮子狗、腊皮狗、蝴蝶狗、蜜蜂狗、贵妃狗、西施狗……这些成了小姐太太们宠物的狗身价高贵、名目繁多，贵到数十万元一条，多到可以编一本比砖头还要厚的狗学大辞典。这些狗东西有时的确很可爱，在我吃饱了的时候。我并不反对养狗，有时甚至还能夸几句那狗——为了讨狗主人的喜欢——这小宝贝，多么可爱呀！——但要让我自己养这样一条宠物狗,那是绝对不可能的。据说那些名狗们的膳食是由名厨料理的,某些世界名流的狗有专门的佣人侍候,还有奶妈——挑奶妈的标准比大地主刘文彩选奶妈还严格,刘文彩也不过是选那些年轻无病、奶水旺盛的即可,这些狗的奶妈们除了具备上述条件外,还必须面目清秀,气质高雅——这是一个名叫苟三枪的朋友告诉我的,不知真假,但这些狗东西难侍候之极确是真的。我们领导的太太养了一条蝴蝶狗,每周都要让公务员给它洗三次热水澡,用进口洗发香波,洗完了要用电吹风吹干,然后还要撒上几十滴法国香水。这条狗的待遇真让我羡慕,它过着多么幸福的生活啊!大如首都北京,能用进口香波每周洗上三次热水澡的人也不会超过一半,洗完了还能撒上几十滴巴黎香水的就更少,可见中国都市狗的生活水准大大超过了中国人民的生活水准,什么时候老百姓能过上都市狗的日子,那么中国就进入“大康”社会了,不是“中康”,更不是“小康”。这些话听起来好像有些阴阳怪气,似乎我在讥讽什么,其实绝无讥讽之意,实话好说实话难听罢了。

就像人分三六九等一样,狗也分成了诸多层次。前边说的高级宠物狗,自然是一等第一,第二等的大概要数公安边防们驯养的警犬了。这些狗外貌威武雄壮,看起来让人胆寒,实际上也是非常厉害。我曾采访过一个警犬驯导员,知道了警犬的血统十分讲究,一头纯种名犬的价格能把人吓一个跟头。价格昂贵,训练更不易,从前有人说国民党的空军飞行员是用黄金堆起来的,我们的警犬则是用人民币堆起来的。类似警犬立了军功、牺牲后隆重召开追悼大会的事在前苏联的文学作品中经常见到,中国大概也有这种事吧?

当年我看《林海雪原》,看到李勇奇的表弟姜青山那条名叫“赛虎”的猛犬竟能轻松地制服了两个荷枪实弹的土匪，我以为这是小说家的夸张，是为了衬托那位具有丰富山林经验、高超滑雪技能、枪法如神、行迹如侠客的姜青山的，现实生活中，一条狗，如何能制服两个人？何况还是两个荷枪实弹的土匪。后来又看了美国作家杰克·伦敦的《野性的呼唤》，那条名叫巴克的狗更是厉害，能在片刻之间咬死一群持枪的人，这就更难让我相信了。我认为地球上不存在这样的狗，巴克只能是个神话中的狗，与杨戬的哮天犬一样。

但现在我已经相信了作家们的描写，狗，的确是比人厉害。为什么我的关于狗的认识发生了变化？因为：前天，我被我家那条饿得瘦骨伶仃的狗狠狠地咬了几口。隔着棉裤、毛裤、衬裤、两件毛衣，它的利齿，竟然使我的身上三处出血，一处青紫。假如是夏天，我想我已经丧命于狗牙之下，即使不死，肠子也要流出来了。狗实在是太可怕了。狗真要发了疯，人很难抵挡。这是我平生第一次遭狗咬，如同上了一堂深刻的阶级教育课似的触及灵魂，于是就写这篇狗牙交错的文章。

听说我让狗咬了，父亲从乡下赶来看我。我说：“一条小瘦狗，想不到这么厉害！”我父亲说：“这条狗算不上厉害，日本鬼子那些狗才叫厉害呢！都是些纯种的大狼狗，牙是白的，眼是绿的，黑耳朵竖着，红舌头伸着，吃人肉吃得全身流油，个头巨大，像小牛犊似的，叫起来‘哐哐哐’的……为什么中国出了那么多的汉奸和顺民？一半是让日本鬼子打的，一半是让大狼狗吓的！”我的天哪，原来如此！

农村人也养狗，“文革”期间口粮不足，农民家徒四壁，没什么可偷——关键还是口粮太少，所以，养狗的极少。——“文革”期间“忆苦思甜”，家财也多了，于是养狗的也多了。这几年农村盗贼如毛,没有一条狗还真不行。现在农村的狗我想很可能是历史上最多的时候,养这些狗决不是为了欣赏,而是为了防盗贼。但由于都是些劣种的土杂狗,胆小而且弱智,小偷来了,它们也就是瞎汪汪几声而已,所以尽管养着狗,也防不了盗贼。何况现在的小偷们都是高智商,精通狗学,研究出了十几种对付狗的办法,据说最有效的一种是烧好一个萝卜,扔给狗,狗以为来了羊肉包子,张口一咬,便把牙烫掉,失去了呐喊与搏斗的能力,于是小偷就可以堂皇入室了。即使不扔热萝卜,扔一块肥肉进去,堵住了狗嘴,它们也就睁一只眼闭一只眼,成了小偷们的同谋。不过小偷们一般不舍得扔肥肉,要扔就扔热萝卜。农村狗一般都吃不太饱,熬得很苦,容易被收买也是情理中的事,都市的狗,食不厌精,脍不厌细,见了香酥鸡都不抬头,想收买它们就比较困难。

五年前,我妻子与女儿进县城居住,为了安全,也是为了添点动静热闹,我从朋友家要了一条刚出生不久的小狗,它的妈妈是条杂种狼犬,仅存一点狼的形象而已,决不是与狼交配而生。我把这小东西抱回来时,它可爱极了,一身茸茸毛,走路还跌跌撞撞的。它脑门子很高,看起来很有智慧。我女儿喜欢得不得了,竟然省出奶粉来喂它。我回了北京后,女儿来信说小狗渐渐长大,越来越不可爱了。它性情凶猛且口味高贵,把我妻子饲养的小油鸡吃掉不少,为了小鸡们的安全,只好在它的脖子上拴上了铁链,从此它就失去了自由。这条狗也是条苦命的狗,如果它不是被我抱走而是让一个干部或是农民企业家抱走,它保证可以长得像小牛一样大,但它不幸到了我家,刚开始还吃了几顿饱饭,后来就再也没吃饱过。它瘦得肋条根根突出,个头没长够就蹲住了。我们也没顾上给它盖个窝，一年四季，风霜雨雪，就让它露着天在墙根上蹲着。有几次整日暴雨，它在雨中疯狂地转着圈，追着自己的尾巴咬，眼珠子通红。我疑心这家伙疯了。后来转不动了，叫不动了，就缩成一团，浑身水淋淋的，像个老叫花子一样哼哼着，见到了我们，就发出哭一样的叫声，眼泪汪汪的，真是可怜极了。但肯定是不能把它放进屋子的：它满身泥水，腥气熏人，还有一身的跳蚤。我和妻子冒着雨给它搭了一个小棚子，但它竟然不懂得躲进去避雨。那个夜晚，在它的呻吟声里，我睡得很不安宁。它的生命力实在是顽强，太阳一出，抖搂掉身上的水，立刻又活蹦乱跳了。它的责任心强得有点可怕，在雨中，那般苦熬，但只要街上有点动静，它马上就忘记了自己的痛苦，拖着铁链子跳起来，狂叫不止，向主人示警。

它在我家吃了很多苦，我心中很是歉疚。翻盖房子时，特意为它盖了一间小屋，从此，它遭受风吹雨打的生活结束了。它更加尽职地为我们看护着家院，街上过车，它跳叫；街上过小学生，它也跳叫；邻居夫妻打架，它也跳叫；如果有人敲响了我家的门环，它一蹦能有三尺高；如果有人打开我家的门走进院子，它就忘了脖子上拴着铁链，发疯似的冲向前去，在半空中被铁链顿得连翻几个跟头跌下来；爬起来它继续往前冲，屡跌屡起，直到客人进了屋子它才停下来，吭吭地咳嗽，吐白沫，让铁链子勒的。

所有来过我家的人，都惊叹这条瘦狗的凶恶，都说从来没见过这般歇斯底里的狗，都说这条狗幸亏瘦弱，如果用肥肉喂胖了，那就不可想象有多么厉害了。我父亲却说："肥鹰不拿兔子，胖狗不看家。"所有来我家的人都贴着墙根，胆战心惊地溜走，我每次都大声咋呼着迎送客人，生怕它挣脱了锁链。它先后挣断过三条铁链子，为了找一根不被它挣断的铁链，我和妻子在集上转了好多圈，终于在卖废铁的地方发现了一条，是起重机滑轮上使用的，就像《红灯记》里的李玉和赴刑场时戴的脚镣那样粗，有三米多长，十几斤重。我如获至宝，出价要买。那卖废铁的主儿听说我买了做狗链子时问："天老爷爷，你们家养了条什么狗?"我当然没有必要告诉他我们家养了条什么狗。回家后我与妻子一起把这条粗大的铁链子给它换上，它低着头，好像很不习惯。但很快它就习惯了，它拖着沉重的铁链，一如既往地对着客人冲击着，铁链子在水泥地面上哗啦啦地响着，有点英勇悲壮的意思，令人浮想联翩。它耸着脖子上的毛，龇着雪白的牙，对来客满怀深仇，表现出一种特别能战斗、特别渴望战斗的精神。我和妻子每隔几天就去检查一次拴它的链子和捆它的脖圈，生怕它获得了自由身，误伤了人民群众。记得三年前它还没完全长大时，就挣开链子，把一个来给我送稿子的县委宣传部的小伙子咬伤了。那个小伙子与我说着话往外走，猛然间从星光下它蹿了过来，基本上赛过一道闪电，眨眼间就在那个小伙子脚脖子上咬了一口。那小伙子蹭地一下子就蹿上了我家的高达三米的平房，等我妻子拴好了狗，搬来梯子，他才惊魂未定地爬下来。他说："天哪，我是怎么上的房?"以后这个小伙子来给我送稿子，都是站在我家院墙外边，把稿子扔进来，大喊："我不进去了，莫老师!"现在它长大了，虽然瘦但战斗精神极强，如果挣脱了锁链，后果不堪设想。尤其是我女儿经常带她的同学来家做作业看小人书，那些小女孩，一个个都是家里的宝贝疙瘩，万一被恶犬咬了，那乱子可就闹大了，赔上医疗费和无数的道歉事小，伤了人家的孩子怎么也弥补不了。所以我远在北京，心里总是不踏实，每次写信或是打电话，都不敢忘记叮嘱：千万拴紧我们的狗！

据女儿说，有好几次链子开了，她和爷爷躲在屋子里不敢出来，一直等到她妈妈回来。说也怪，这条狗几乎对谁都龇牙，惟有对我妻子，却是异常地顺驯，一见她就摇尾俯身，恭敬得不得了，宛如太监见了皇后。她骂它，打它，踢它，它不龇牙，不瞪眼，老实得简直媚了。她开大门的声音它都能辨别出来，绝对不会错。我父亲说它不是听声，而是嗅味；我在一本书上也看到：狗的鼻子比人的鼻子灵光几十万倍。我虽然每年在家只有几个月，但它还是认识我的。有时我大着胆子给它喂食，它还对我摇摇尾巴表示感谢。有时甚至扑上来搂搂我的腿。但我的心里还是怯，绝不敢太靠近它，因为我知道这条狗跟我有距离。但我绝对没想到它竟会咬我，而且是那样的毫不留情。

那天，我送一个前来查电表的电工出门，它突然挣脱了脖圈，把那条沉重的锁链弯弯曲曲地抛弃在地上。我女儿惊呼："爸爸，狗！"狗已经蹿了过来，它的身体几乎紧贴着地面，见惯了它戴着锁链的形象，乍一见了没戴锁链的它，竟感到有一些陌生，好像不是我家的狗，而是一个别的野兽。运动员戴着沙袋训练，一旦解了沙袋，便如离弦之箭；我家的狗一直戴着铁链生活，一旦解脱了铁链，那速度比离弦箭还要快。我挺身而出，把电工挡在身后，并举起一只手，对着它挥舞着，嘴里大喊："狗！"狗一口就咬住了我的左腿。我庆幸自己穿着棉裤，棉裤里还套着毛裤，它咬了我，也不一定咬得透。我认为它咬我一口就该罢休，没想到它竟然连续作战，松开我的左腿，又咬了我的右腿，然后耸身一跳，在我的肚皮上又咬了一口。这时候我才知道这家伙的可怕，这时候我才明白宣传部那个小伙子为什么能跳上三米高的房顶。伤口剧烈地疼痛起来，我一挥手，正好挥进它的嘴里，它顺便又给了我一口。幸好离门不远，我挣脱了它，与电工和我女儿跑进屋子，紧紧地插上门，吓得三魂丢了两魂半。解开衣服一看，三处出血，一处青紫。腹部伤得最重，原因是毛衣不如棉裤厚。如果我只穿着单衣……如果咬着电工……我想，真是不幸中之大幸！

这时，大门还没有关，万一它跑到大街上去见人就咬怎么办？这条狗，自从进了我家的大门，还从来没有出去过，它可以听到邻居家狗的叫声，但从来没有见过面，它能认识自己的同类吗？

妻子终于下班回来了，狗撒着欢儿迎接她，并且十分顺从地让她把铁链子重新拴到脖子上。

下午，我去县防疫站购买了狂犬疫苗，到门诊部打了一针，医生说要连续打五针，戒酒、茶一个月。

只因为一时冲动，咬了主人，它的末日就要来临了。

我让妻子去打听一下，有没有人愿意要这条狗。妻子回来说，人家都说：连自己的主人都咬，谁敢要？但她厂里几个馋鬼愿意打死它吃肉。

我的心立刻就软了。我想起了这条狗无比的忠诚，对我妻子。我想起这条狗在社会治安不好的情况下，给我妻子和女儿带来的安全感。我女儿在学校里听到了一些吓人的消息，夜里睡不着觉，我妻子就安慰她：“不怕，我们有狗。”它咬我，可能是一时糊涂吧？我决定还是留着它，给它脖子上再加一个脖圈，挣脱一个，还有一个。但那两个打狗的人已经来了。我妻子想了想，坚定地说：“不要了！”

那是两个身穿黑皮夹克的中年人，每人提着一条麻绳子。一进院，狗就疯了似的对他们冲刺、叫嚣。我生怕他们当场动手，他们说不。他们让我妻子把那两条绳子拴到狗脖子上，由他们拉到厂里去再打。

我女儿很难过，坐在桌前，打开了收音机。我把声音调大，怕狗垂死的声音刺激她。她坐在桌前，在低沉的箫声里，捂着脸哭了。

奇怪的是它竟一声不吭地被我妻子拉出了大门，那两个男人跟在后边。这是它第一次出门，出去了，就永远回不来了。

我心里也感到很难过，劝着女儿，说人家把狗牵去，放在食堂里养着，天天吃大鱼大肉，它是去享福了。她还是哭，我心里烦起来，就说：是爸爸要紧还是狗要紧?!

她躺到床上，用被子蒙着头，不吃饭，我咋呼她，她不服。

我妻子悄悄地跟我说，狗出门时，双膝跪着，望着她，那眼神真让人不好受。

第二天，她回来说，那两个人拖它走，它死活不走，于是就在街上把它打死了。我问它反抗了没有，我妻子说没有，一点也没有。

我许愿为女儿再去要一条善良的、漂亮的狗，但我的确很犹豫。人养狗，总要看到它的末日，即便它咬了你，打死它时你也要为它难过，这就是感情吧！

现在，它早已变成了肥田的东西，构成它的物质重新回归了大自然，而且，由这些物质，重新组合成一条狗的机会再也不会有了，但它的短暂的一生，与我的家庭的一段历史纠葛在一起。它咬我那几口，会变成我的女儿对她的孩子讲述的一件趣事吧？也许。

咬舌自尽的狗

◎林清玄

有一次，带家里的狗看医生，坐上一辆计程车。

由于狗咳嗽得很厉害，吸引了司机的注意，反身问我："狗感冒了吗？"

"是呀！从昨晚就咳个不停。"我说。

司机突然长叹一声："唉！咳得和人一模一样呀！"

话匣子一打开，司机说了一个养狗的痛苦经验：很多年前，他养了一条大狼狗，长得太大了，食量非常惊人，加上吠声奇大，吵得人不能安宁，有一天觉得负担太重，不想养了。

他把狼狗放在布袋里，载出去放生，为了怕它跑回家，特地开车开了一百多公里，放到中部的深山。

放了狗，他加速逃回家，狼狗在后面追了几公里就消失了。

经过一个星期，一天半夜听到有人用力敲门，开门一看，原来是那只大狼狗回来了，形容枯槁，极为狼狈，显然是经过长时间的奔跑和寻找。

计程车司机虽然十分讶异，但是他二话不说，又从家里拿出布袋，把狼狗装入布袋，再次带去放生，这一次，他从北宜公路狂奔到宜兰，一路听到狼狗低声号哭的声音。

到宜兰山区，把布袋打开，发现满布袋都是血，血还继续从狼狗的嘴角流溢出来。他把狗嘴拉开,发现狼狗的舌头断成两截。

原来,狼狗咬舌自尽了。

司机说完这个故事,车里陷入极深的静默, 我从照后镜里看到司机那通红的眼睛。

经过一会儿,他才说:“我每次看到别人的狗,都会想到我那一只咬舌自尽的狗, 这件事会使我痛苦一辈子,我真不是人呀! 我连一只狗还不如呀!”

听着司机的故事, 我眼前浮现那只狼狗在原野、在高山、在城镇、在荒郊奔驰的景象, 它为了回家寻找主人,奔跑百里, 不知经历过多么大的痛苦,好不容易回到家门, 主人不但不开门,连一句安慰的话也没有, 立刻被送去抛弃,对一只有志气有感情的狗是多么大的打击呀!

与其再度被无情无义的人抛弃,不如自求解脱。

司机说,他把狼狗厚葬,时常去烧香祭拜, 也难以消除内心的愧悔,所以他发愿, 要常对养狗的人讲这个故事,劝大家要爱家中的狗, 希望这可以消去他的一些罪孽……

唉! 在人世间有情有义的人受到无情的背弃不也是这样吗?

动物们

◎迟子建

有一种门，是门中门，只有一尺见方，通常设置在院门的底端，挨着地，由两个自由翻转的合叶一左一右牵着它，既能往里开，又能向外开。这门当然不是走人的，更不是什么装饰物，它是专为家中的动物和家禽而设计的。白天时主人锁上家门，上班的上班，下田的下田，猫啊狗啊鸡啊鹅啊的就各忙各的去了，觅食的觅食，闲逛的闲逛，会友的会友。主人们若是回来晚了，当它们该回家的时候，就会从这扇小门钻进院子，喝喝水啦，趴在院子里打个盹啦，等等。而当它们又想出门的时候，只要用头一顶这扇门，眼睛里看到的就是户外的风景了。

动物和动物的力气是不一样的，比如狗的力气就比猫大。而家禽呢，鸡的力气就比不上鹅。所以那扇小门的厚度就有个讲究，要轻点，薄点，使它们进出时自如一些。但是它们又不能过于轻薄，否则赶上风大的夜晚，它就会被吹得一脚门里一脚门外地摇荡，发出啪啪的响声，而搅扰了屋里人的美梦。

最自如出入这扇门的无疑就是狗了。看家的狗一般忠于职守，但它们老是呆在院子里也是闷的，所以寂寞时会溜出家门，看看院外的风景，或者与其他相熟相知的狗亲昵一会儿。猫呢，它们身怀翻墙跨院的绝技，高高的院墙对它们来说根本就不是屏障，它们往往不走这扇小门，尤其是有狗望着它们的时候，它们会精神抖擞、三下两下爬过院墙，轻盈地跳到院外，让狗只能低头哀叹自己的愚笨。所以猫与狗的关系总是比较疏离。

我养过两条狗，一条是黄狗，一条是黑狗。黄狗叫傻子，黑狗叫黑子。傻子其实一点都不傻，它威风凛凛的，很剽悍，是北极村数得上的一条好狗。它太厉害，一直被一条长长的铁链拴着，只能呆在后菜园里。它的嗅觉很灵敏，若是有生人来，隔着一条街，它就会发出吠叫；而若是有主人要回来了，也是隔着很远，它就能感知，提前摇起尾巴，做出欢迎的姿态，而姥爷或是舅舅一会儿的工夫就会推开家门。我常拿了馒头在它面前吃，趁大人不注意，会掰一半喂它。傻子很聪明地飞快地一口把它吞下，然后歪着脑袋十分动情地望着我，发出温柔的叫声，用一只前爪轻轻挠着地，企望我再偷着喂给它一些。我受不了它那种如水的目光和低低的狺叫，总是想方设法满足它。所以，我往往是吃了一个馒头还不够，再去拿第二个。傻子有个爱好，它喜欢吃蜜蜂，它跳得很高地捉空中飞旋的蜜蜂，几乎是百发百中，让我为之欢呼。不过它一吃了蜜蜂我就为它担心，万一蜜蜂没死，蜇破了它的肚子，它还怎么吃食儿啊？我一见它躁动不安地拖着锁链哗啦啦地走来走去，就想，糟了，一定是蜜蜂在傻子的肚子里嗡嗡地飞，闹得它心烦意乱了。我至今不明白它为什么喜欢吃蜜蜂，也许蜜蜂身上有蜂蜜，吃了能甜它的心？傻子的任务就是看家护院，不过到了冬天，家人若是去很远的山中拉烧柴或者是去江上捕鱼，就会把傻子带上。山中有野兽，狗能判断出它们的方位，发出警告的吠叫，提醒主人。而去江上捕鱼时，傻子要被套上爬犁，去时爬犁上装着捕鱼的工具,回来时则多了一样东西,那就是鱼了。傻子一跟着去捕鱼就兴高采烈的。如果运气好,上网的鱼多,姥爷会把狗鱼等不太上讲究的鱼撇给它一两条,它在冰面上就把它生吃了。回家的时候,傻子拖着沉重的爬犁,走了一身的汗,毛发上的汗气凝结成霜,使它看上去成了一条白狗了。我离开北极村的时候,最不舍得的就是傻子。我握着它的爪,哭了。回到父母身边后,只要姥姥家来信了,我就会问信上说没说傻子怎么样了?可信上都是人的消息,没有关于傻子的只言片语。隔了很多年我再回北极村时,傻子还认得我,不过它已经老态龙钟了,毛发稀疏而没有光泽。姥姥说傻子有一回偷吃了鸡窝的蛋,被姥爷打得半死,此后精神就一天不如一天。傻子最后死了,姥姥念着它对主人多年的感情,把它埋了。

黑子是我回到父母身边后家人养的狗。它的毛很短,尖头尖脑的,瘸着一条腿,十分丑陋。我不明白家里为什么要养这样一条狗。我不喜欢它,左邻右舍家来了人,它多管闲事地叫得很凶,而当我们家来了生人呢,它却欢天喜地给迎进来了,简直就是个叛徒。我爸爸的风湿病一旦发作,走路就一瘸一拐的,跟着爸爸走的黑子呢,也是一瘸一拐的。同学们见了我会不怀好意地说,你家的狗跟你爸走路怎么一模一样啊?我觉得很没面子,真想找条绳子把它悄悄勒死。我最厌烦在放学的路上它来迎我,别的同学也有被家中的狗迎接着的,但人家的狗个个都精神,黑子呢,它严格来说是个残疾,所以它一旦跑过来亲昵地蹭我的裤脚,我就没有好声气地斥责它,把它赶走。它夹着尾巴灰溜溜地一瘸一拐地离去,总能招来同学们的嘲笑声。黑子虽然面容丑,它的心却是不丑的。鸡回家时若是顶那扇小门吃力了，它就帮助撞开，用一条腿支着门，让鸡进院子，很有绅士风度的样子，所以鸡们都不反感它。大多数人家的鸡喜欢与狗争食儿，我们家的鸡却不会去吃黑子的食儿。后来镇子里发生狗瘟，黑子染了病，被勒死了，当时让我觉得无比畅快，觉得一块碍眼的东西终于从眼前被清除了，只是以后在镇子里再也看不到有一条狗是一瘸一拐地走路，总觉得少了点什么。而且黑子死了，家中的鸡也显得有些落寞，傻呆呆的，不爱出门，大约是怕回来时万一顶不开门，再也没有狗帮助它们了。不过鸡的落寞也落寞不了多久，它们在冬天时会被宰了，用雪埋了，留做过年时吃。在人丛中，家禽的命运跟狗的命运一样，是轻薄的。

比较而言，猫的命运相对要好一些。它们可以依偎在主人的饭桌旁，分享主人吃的东西。而且，它们除了捉老鼠之外，没有其他的活计，所以猫常常是蜷伏在热炕上呼呼大睡。不过，若是仓房中的老鼠闹得凶，主人在米缸里发现了漆黑的老鼠屎，它们就会遭到叱骂，主人会饿着它，不让它进屋门，让它在仓库中专心捉鼠。偏偏很多猫是懒惰和贪图富贵的，一怒之下离家而去，再不肯为主人效劳。所以你家丢失了的猫，几年后在另外一个村镇的人家的炕头上可能会看到。而一个人家养的狗，你就是每天打它五十大板，它也还会兢兢业业地为主人家守夜，这大约就是猫与狗的不同之处吧。常吃人的食物的猫，也许不知不觉中，把人与人的背信弃义的气息也沾染了过去。而狗呢，就像旧时代的小媳妇，即使遭受了天大的委屈，也会忍辱负重地陪伴主人过下去。

狗

◎李娟

我在夏牧场上碰上过一只狗，它把我从山谷这头一直追到那头，让人又害怕又生气。后来一想，我这么大一个人，虽然是个女的，不至于连条狗都打不过吧？于是又转过身向它反追过去，边追边朝它扔石头，把它从河谷那头又追了回来。从那以后，这狗一见到我就“呜呜呜”地咕噜，恨恨的样子，却只敢在离我十步远的地方来回横走，若我稍有举动，就忙不迭后跃，很虚弱地吠叫一阵。

在山里，我就只见过这么一条可恶的狗，不知是谁家养的，养狗的那一家人肯定平时也不怎么讲道理。

山里的狗大都是好脾气的牧羊犬。它们跟着羊群北上南下，四季转场，夜里挨着毡房睡，专门用来防狼的。虽说不能与狼作殊死较量，但关键时刻总能猛吠一阵发出警报。

这些狗虽说是狗，长得却跟羊似的，浑身卷毛，体态笨拙，吊眉吊眼地跟在驼队中，性情温良驯服，稍嫌胆怯。因为没打过什么交道，我并不是很喜欢它们，再说它们也太难看了。还有，它们中有一只还偷过我们家晾在柴火垛上的干羊肉。它们看起来长得都差不多，我们实在分不清到底是谁干的，只好见到狗就骂。

听说牧羊犬是世界上最聪明的狗，但是看看周围这些……真让人怀疑。不过，可能并不是看守羊的狗都唤之“牧羊犬”吧？“牧羊犬”也许是指狗类的某一品种——大约是会数数的那种，少了一只羊都能察觉的那种。不过我才不信呢。

倒是听朋友说起过一只牧羊犬监督一群羊过河时的情景：头羊下去后，后面的陆续跟上，在宽阔清浅的流水中沉默而害怕地前行。牧羊犬站在河流中央，在队伍旁留心地守护着，不时地扭头看看对岸，再回头看看这边岸上，不停摇头一般。还真有点“数羊”的架势。

后来到了桥头，那个地方的狗全是一般的土狗。数量比人还要多，到处都是，幽灵一样四处晃荡。

当初桥头是一个驻扎过云母矿宿舍和林场职工的地方。矿废弃后，云母矿职工全都撤离了。不久后林场职工也大批迁入县城。他们留下的事物除了那一排又一排整齐的房屋院落外，就是这一群一群的狗了。后来这些狗在这片被废弃的地方又有了第二代、第三代。

因为这些狗曾经长年累月和人相处过，再加上饥饿，因此特别亲近人，性情惶恐谦卑。在桥头，我从没见过一条大喊大叫、趾高气扬的狗。

桥头是一片庞大的废墟，那些绵绵蜿蜒的断垣残壁与其说是分布在大地上，不如说是排列在时间之中。极无现实感，整齐有序又破败不堪。天空总是那么蔚蓝明净，河水轰鸣，气候寒冷。哪怕进入五月，树木仍光秃秃的，不缀一片绿叶。

我总是穿得厚厚的，暖暖和和的，一个人在废墟里慢慢地走。河岸高阔，急速奔淌的河水挟裹着深重的寒气迎面扑来，风呼啦啦地吹。走着走着，后面跟上来的野狗便会越来越多。但无论再多也是极安静的，相互之间保持着距离。

废墟间的一大片空地上码着木材厂的几堆木垛，我爬到最高的木垛上面坐着，狗们也慢慢聚拢过来。当我稍稍为之犹豫不安时，它们立刻能敏感地察觉，然后也犹豫起来。

它们伏下身子，像爬一样小心翼翼地、慢吞吞地向这堆木垛靠近。边爬边留意观察我的神色似的，像比赛一样较着劲儿努力晃尾巴，一副“我不会伤害你的，你也不要伤害我”的神情。

我觉得当时自己所溢露的神情怕也无非如此。

等它们走到最近处一一趴下后，我从口袋里掏出一把廉价的水果糖，一粒粒剥开抛出去。它们之间也不抢，吃到的就吃，吃不到的继续等待。似乎很放心我，知道我一定会散得很匀。

冬天就很少见到狗了，大一点的差不多全都给打完了。冬天打狗吃肉，是我们这里的男人最热衷的事情。真是可恶。

我妈常说：“吃什么都行，就是千万别吃狗肉和马肉，那简直就是吃人肉——狗和马都是通人性的。”

我妈很喜欢狗，又极下工夫地对它们进行了研究，简直比了解我还要了解狗。在她眼里，一条狗与另一条狗之间的区别就如同一个人与别一个人之间的区别那样显著。

假如有一条野狗向她凑过来时，她就会这样向我介绍：

“这就是最喜欢吃新鲜白菜帮子的那条，天天守在垃圾堆边等我。还有一条也总在那里守着，但那条喜欢扒剩菜。”

然后又说：“它生气时，耳朵是这样的，往后面窝着——”

她把狗的两只耳朵一起揪住往后面拧,又说:"当然,要是迎着风跑得快了也会有这种效果。同时,它脸上所有的毛都往后面倒……"她双手箍住狗脑袋往后扒拉,害得人家的圆眼成了吊梢眼。

"一般来说,它的尾巴是这样卷着的,但有时也会这样卷——"她先把狗尾巴卷起来向右边捺着,又把狗尾巴向左卷起来捺。

感觉得到那狗在极力地忍耐。等我妈的介绍终于告一段落,刚松手,它立刻一下子跑掉。跑得远远的才停下来回头往这边看。

尤其当牧业完全离开阿尔泰深山牧场后,会有多少狗被抛弃在冬天里啊!那些已成情侣的狗,在寂静的森林边上追逐嬉戏,一点也不知道噩运在渐渐逼近:缺乏野外捕食的经验,加之天气一天冷似一天……后来第一场雪下了,第二场雪也下了……看不到一个人,然后就什么也不明白地死去了!

秋天牧业下山后,总会有闲下来的男人弄辆车,进山打狗。那些狗在荒山野岭里走啊走啊,远远地突然看到有人影,非常高兴,连忙摇着尾巴向这边跑来。一跑到近处,就给乱棍打死……进山打狗比狩猎野物容易多了。

有一次我搭乘拉木头的卡车进山,回家时却没有车了。在路边走了很久,才遇到有一辆吉普车经过。车上的人一个也不认识,彼此都很惊讶。后来司机还莫名其妙地把我拉到一处连路也没有的,听都没听说过的鬼地方。当时真是有些害怕,又不敢乱问。

后来才知道,原来这伙人是赶着去帮忙打狗的。

听说那伙人围攻一条狗，两天都没能拿下来。那狗很聪明，就是不肯靠近。

“为什么不跑呢?”

“它媳妇给拴着呢!”

原来是一公一母两条。母的给逮着了，但公的性子猛烈凶狠，谁也无法靠近。于是就把母狗拴在车上，守株待兔。那条公狗整天在周围徘徊，远远望向这边，始终不肯离去。晚上会悄悄过来和母狗卧在一起，被发现后被打断了一条腿。尽管如此还是给跑掉了，而且变得更加凶悍，近身不得。

他们就开着车拖着母狗慢慢走，公狗在后面不远不近地跟着，跟了两天了，仍然打不着。

我们到时，那条大狗还在不远处的树林里往这边看。深色皮毛的母狗卧在吉普车旁边，头歪在前爪上，神情平静。

吃饭时他们也分给了我一些食物，我一点也不想吃，就悄悄掰碎了，趁人不注意扔给那母狗。它照样趴着，也不起来，只是直起脖子，头一偏，就准确地用嘴接住了，一口吞下去。然后又懒懒地歪着脑袋趴回去。

我还想喂喂那条公狗，便小心地向它走去，边走边装作若无其事的样子。它远远地盯着我，渐渐直起身子，塌下肩背，沉沉地低吼。我有些害怕，便停住，把手里的馍馍用力扔出去，然后转身快快地离开。后来回头看时，它正走到馍馍旁边，低头去衔它。这条狗果然很大，灰色的皮毛。

结果这一举动给那群人看到了，立刻想出一个“好主意”来。他们也学着我的样子给它扔馍馍，想诱它过来。真是气死我了。不过好在那狗聪明着呢，感到不对劲，根本不搭理那伙人的诱饵。

我又跑去看那条母狗，但却不敢看久了。说不出地害怕。

幸亏后来其中的一辆车有事要先离开，我就赶紧跟着走了。

过了两天，有人在我们屋后剥狗皮，架起大锅煮肉。又过了一天，我过去看时，野地上扔了一张灰色的狗皮和一只瞪着眼睛的狗头。他们到底还是得手了。

我天天都会去屋后的空地上沿着麦地散步。冬天最冷的日子来临之前，看到那张狗皮已经变得很旧很薄了，平平地嵌在大地上。狗头也消失了。

我从来也不曾做过什么——真是又安慰，又罪过。只好想道：那是死在愤怒中的事物，是有强烈的灵魂的。这灵魂附在植物上，植物便盛放花朵；附在河流中，河便改道，拐出美丽的河弯……自然总是公平的，总会平息一切突兀的情感。至于那些生来就对周遭万物进行损害的，快乐而虚妄的灵魂，因为始终不能明白自己所做事情有何不妥，也会坦然轻松地过完一生，又因为毫无遗憾而永远消失。让世界波澜不起。但愿如此。

人与宠物

◎边芹

人与宠物在一定程度上类似一个社会统治者与被统治者的关系。细看这种关系，会发现宠狗的人与爱鱼鸟的人早在文明伊始便已云飞雨散。

大大小小的动物，除肉禽猛兽，养了便可亲腻。如有人喜蛇，盘摸掌玩如己肤；有人爱鼠，尖指戏逗如己出。超出常规的宠物，与人的关系趋于简单，就是爱与被爱。而聚万千宠爱于一身的动物，与人的纠缠线头就多了，让那么多个性南辕北辙的人亲近，一定是迎合了某些民族的共性，脱出了爱与被爱的个体关系。

比如西人独爱狗，越是堆金砌银的社会，狗影越是遍布大街小巷，简直成了城市"人口"的一部分，连食不果腹的流浪汉，脚前足后都颠颠地跟着一只。五花八门的狗种由皮绳或帆布带圈拉着，车前马后跟班跑腿，宛如主人投向世界的影子。

为什么绕开鱼鸟的美艳，在众生芸芸的动物王国独选这种由狼演变来的生物为伴？只有爱与被爱一个答案，就过于简单了。要看清人狗情结，单从人的角度，会浮出一堆陈词滥调，人擅长掩盖本性，藏得之深连自己都骗了。从狗的角度会清晰一点。它为何成了众多可宠之物的主角？外形最可爱？

非也。头脑最聪明？值得商榷。它之集西人宠爱于一身，缘于两个品质：可教化和忠诚。可教化即主人可以驯化，这是成为主人意志产物的先决条件。一切都是围绕着主人意志延伸的，并没有其他出发点，征服躲在所有动机的下面，并非面对生灵宽泛的、不加选择的情愫。狗可能是唯一能被驯化成人之影子的动物，而且影子一旦贴上，背叛亦难。在某些文明中作宠物主角的猫，就入不了狗境，它与人的关系相对独立，经常陷于彼此控制，绝不愿意作人的影子。

与异物交手从血液里便会启动改造机器的西人，在动物王国遍寻可塑之材，万般筛选，才挑到适合作影子的生物。在步入现代之前，贵族豢养的狗必具备有用(可教化的标志)和忠诚两个品质，玩赏不是养狗的目的，所以漂亮和聪明不是甄选的标准。由此解释了西方王室的猎犬和中国宫廷的哈巴狗之鸿沟。人们总把猎犬的能力误认为聪明，那恰恰不是聪明，而是它的某些本能经过人的强化和驯服，能达到最稳定的量化标准，从而为人所用。也许这才是猎犬与玩赏狗的真正区别，它必须指哪打哪，追杀主子的敌人或猎物不遗余力。而玩赏狗绝无此等重任，它们后来才从异地传入，在现今的市场上也是古灵精怪、邀宠撒娇地诱惑人的钱包，越是下层社会或暴发户越是偏爱在宠物身上寻求眼睛的愉悦——他人的或自己的。但上层社会延续了传统，一般只养纯种猎犬。

我到一葡萄酒商家里作客，徒步三分钟才能走个来回的城堡大客厅里，坐着发财前辈的遗孀，在上等阶层的高龄女人身上，你最能看到金钱与时间的赛跑在冲刺阶段的激战，那最后的拼搏时常比平民女人早早地投降要惨不忍睹。老妇人脚下有两只小狗，其中一只老得瞎了一目。那对小犬短足、长耳、尖嘴，身长尺半，高不及小腿肚，在老太太的黄缎面扶手椅边盘桓着。我从身量武断判断二犬为玩赏狗，却被告知是纯种猎犬，旧时贵人打猎的好帮手，身小而性猛。凑近看，果然牙尖齿利，凶性收藏在玲珑身段里，那异常突出的尖嘴，是用来结束猎枪下未了之命的。我端着塞弗尔金边细瓷杯喝柠檬茶时，二犬并不过来邀客之宠，只在老妇身边摇尾，因盲而眼睛银蓝色的那只，远远地投来寒光，令人心瑟，不知沙龙里的金汤玉食在多大程度上移了那硝烟里的血性。

具猎犬品性的往往种类有限，为避免节外生枝招来拂逆主人的杂性，绝不混血串种，也就断了新品。此类狗不光观赏性差，戏逗掌玩味亦不足，看上去面冷性拙，对伸过去的手并无玩物狗的灵敏回应。

非是犬莫养的除了有钱人，还有最没钱的人，中间阶层则早已被分化，现代猎场人最大的天敌是诱惑。一文不名的人指的是白种流浪汉，不是吉卜赛乞丐，后者以行乞为目的，常弄一只乞人怜的玩赏狗带在身边，毛绒体幼的妩媚相，为的是骗路人的恻隐之心。而白种流浪汉却是另一群体，流浪是与主流社会断根的唯一生活方式，目的不是乞讨，非如此断路绝人总有一条血脉盘绕纠结地不放手，遗世就成了空言。这些人，不一定寒门贱出，不一定胸无寸墨，性情亦无落草流寇的平易。我称他们前定失败者，败就败在石头般的脆直，刻薄到一根筋，好像生命之路他只抓住飞驰电掣的那匹名叫清高的烈马，被拖拽于地，鳞伤遍体。细瞅他们的眼睛，挤在因沮丧而浑浊黯淡的眸子一角的，是永远抹不去的尖刻，细刀一般在他们与世界之间划下了不可逾越的沟堑。

把狗驯化成影子颇有技巧，爱是下下策，狗性决定了它们需要的是统治者而非爱侣。这是个驯服被统治者的过程,驯化的核心是让它们知道谁主谁从,服从规则乃教化的起点。下手的第一步是从一开始就杜绝狗吃他食,食品必须来自主人,而非任何一个好事者!所谓“自由”,是主人调配食品而不是宠物随意挑选食物的自由!这是能否让其遵循主人的价值体系决定性的一环,关键在于具体生产食物的帮手意识到自己站在哪一边:统治者一边,还是被统治者一边。人与宠物的位置从未颠倒的社会,都是帮手意识到自己站在统治者一边,却能让宠物信其为仲裁者的社会,并没有别种奇迹。

在众生中选了鱼鸟作宠物的人(玩赏狗也在其列),呈现的是截然不同的情景:那是爱它们、养它们,用精美的鱼缸和堪称艺术品的鸟笼拴住它们,生怕它们一走了之,而既无心亦无智放弃眼睛的快感,另挑一种可驯化的生物,省了鱼缸和鸟笼的钱不说,还得了永不背叛的保证。只求眼乐的人,说到底是不会精算回报,那是他自己搭建的海市蜃楼,只饱眼福而无半点实惠,鱼和鸟并不真正生活在他的势力范围,它们游水清唱根本不看他的眼色,更不必贴附主人意志抛射的框架。他为它们布设了缸与笼,确有怕它们背离的成分,但他从未打算从灵魂深处劫持它们,他把它们供奉在似乎对立于他自身世界的另一天地里,为此他还得了不给它们“自由”的罪名,但其实他就像把一幅画嵌入画框悬挂墙上,除了眼睛求点福,并不褫夺它们的本能和习性,反倒让自己顺应其生命节奏,提供食水、清除垢物。而得到他的服务,鱼与鸟不必以狗一般的服从和忠诚换取。在心灵囚室的尽头,他对它们并无不可更移的控制欲,也许只求它们更美丽,但即使是他一手伺候出来的美,他也并未想独占,反倒是从他人眼里得到满足。然而他自构的爱的最高境界——沉默的注视，在猎犬驯化高手面前不堪一击，鱼和鸟永远也意识不到缸笼的框架是它们与管理者的唯一“契约”，更不会问自己是猎犬之材还是哈巴狗之料，笼里笼外两个世界彼此看不见之间悬系了什么。

皮绳下的猎犬实则一举一动皆有牵线，但从绳子的制作到主人手里的收放机关，没有一个细节不旨在让它感觉到脖子上的绳套，它奔前跑后，主人手中那个转盘可以自由伸缩，足以让它感到四蹄的自在无拘，然而未有一刻他让它脱离他的意志存在。他的意志，包裹在十二层驯导的口令之下，才是宠物的生存理由和目的。那些“囚徒”般的鱼鸟，灵魂却未有一刻被拴住，由此也就难入狗境，那是跟主人意志捆绑到看不见绳索的境界，那影子般的生命，伴随着狂奔的幻觉。

（2010 年 9 月 28 日）

狗性与人性

◎陈染

1. 想 当 初

我家的小狗三三是个英俊的“男孩”，黑黑的卷毛，长长的耳朵，大大的眼睛，如同一只黑色的羊羔。我常趴在地上和三三抢球，我们俩摸爬滚打、叽里咕噜不分彼此。三三眼中一定觉得我是他的同类，并且和他长得一样，因为三三拒绝照镜子，见到认清自己真实面目的镜子，他总是掉头就跑。所以，至今他也不知自己是个什么样子。

无法认清自己，三三的可怜也大致源于此吧！

外面的世界越是现实与功利，我对三三的感情越是纯朴与真切。甚至，我对他的溺爱已经到达丧失原则、毫无节制的地步，这多少有些违背我一贯的处世姿态。人大概都会有这样的一面：面对强权无理的时候，可以据理力争，可以反抗，可以不妥协，起码可以用沉默、无声地表达自己的不认同；但是，面对一个弱小无助的被剥夺了话语权的小生命，只能是除了怜爱，还是怜爱。

想当初三三刚到我家来时，他总是用那清澈纯粹的眼神看着我，那种眼神你只能在孩童的眼里才能看到——纯真的、恳切的、企盼的、无辜的、忘我的……黑黑大大的瞳仁占据了他的整个眼孔。他就那样长时间地凝望着我，我走到哪儿，他的小脑袋就转向哪儿，向日葵似的。更多的时候，他亦步亦趋地跟着我，我去厨房，他就跟到厨房；我去卫生间，他就跟到卫生间，仰着头守候在一边。他好像随时在观察我的脸色，揣摩我的心思，判断着我此刻的打算，时刻准备着我说出一句："三三，带你玩去喽。"三三会一跃而起，跳起来热烈地扑向我，然后迫不及待地冲向房门，哈哈哈地吐着舌头，兴奋不安地在门口踱来踱去。只是我太"吝啬"了，有时候好几天才带他出去玩一次。每每这时，我的内疚之情便油然而生，一遍又一遍地跟三三道歉，"对不起啊三三，不能天天带你出去玩，真是对不起！"但是，三三从来没有对我挑过眼，永远一副不计前嫌、宽容大度的样子，欢快地摇着小尾巴，接受和理解着我的歉意。

很多时候，三三并不期待"出去玩"这样盛大奢侈的欢乐，只消我说，"三三，给你小片片"（一种宠物营养片），他就会手舞足蹈，以最快的速度奔向他的专用食物柜旁边，蹲在地上仰着脑袋等候着。

甚至有时候，三三只是等待我用手拍拍他的后背，说一声，"宝贝，我在工作，你自己玩好吗？"他就会心满意足地摇摇尾巴，欣然接受，然后选择离我最近的地方卧下来。三三缠在我的脚边，我建议他回窝里睡觉，他不肯离开，倚着我的脚踝骨卧在小毯子上。一团热乎乎的羊羔似的小身体把我的脚弄得暖暖的，那种不离不舍的绵绵的温暖传递到我心里，总是使我感怀。直到我关上电脑，主机发出轻微的嗞嗞声，他便迅速抬起脑袋，支起耳朵，眼神里充满了新的期待。他已谙熟这嗞嗞声意味着我的工作结束了。

经常是在傍晚，我对三三说，“咱们出去玩喽！”三三立刻放下嘴里的狗咬胶，颠颠地跑过来和我热烈拥抱。每当三三表达他最大的感激或者高兴之情时，他就用两条后腿站在地上，两条前腿搭在我的肩上（我蹲在地上），做出拥抱的样子。我拍拍他的后背，“好了，好了，我们准备出发了。”

到了户外，三三就如同去周游世界一般欢快。天色已渐渐发黑，月光透过小路两边的树枝，洒下斑斑驳驳的黯影，三三的黑色卷毛立刻在傍晚的天色中变得影影绰绰，模糊难辨。我们呼吸着冬天冰冷的晚风，心中无比惬意。三三和我一前一后，他跑一会儿就停下来回头等会儿我。我们并不是总沿着平时熟识的路线走，有时我会引领着三三走向一条从未走过的新路。三三完全信赖地任凭我引领着，无论往哪里走，只要跟着我，三三就会觉得是走向自由与光明。

客厅沙发旁边的窗台是三三经常光顾的地方，不出门的日子，他喜欢在那里望风景，窗户外边是一片矮楼的顶层平台，隔着一片空旷，可以眺望到车水马龙的三环路，川流不息的车辆似乎是三三永不懈怠的风景片，他在窗台上能够静静地观赏半个小时甚至一个小时。我在电脑前专心工作，偶然一抬头，看到三三独自在窗台上隔着玻璃眺望窗外，孤单单的小脊背落满了寂寞，我心里立刻忍不住地发疼，对自己充满深深的自责——我为什么不能像那些悠闲无事的人们一样，每天牵着狗狗到街上或公园漫步玩耍呢？那才是属于狗狗的真正的欢乐啊！

亲爱的三三，真是对不起！

三三在家里自愿充当保安工作。可是，每当我要出门的时候，他这个保安就会上来找我的麻烦。他缠在我身边，或者抢我的包,或者叼走我的手套围巾,以示不满。后来,我从一个同行朋友那里学来一句灵验的话,才算解脱了我的离家之难。现在,只要我出门前说:“三三保家卫国。打倒法西斯,自由属于人民!”三三就会立刻掉转身,回到离家门口最近处的自己的毛毯上卧下来,开始了他安静的毫无怨言的默默守候。那眼神似乎在说:我的使命就是为人服务的啊!

几年来,我和家人给三三以完全的平等和充分的民主,让他感受到他的生命和我们人类一样没有高低贵贱之分。这的确是我们的初衷:世界万物都是平等的,人类没有权利对一花一草一只小动物不尊重甚而践踏。有时候我在街上看到有人粗鲁地虐待不会说话的小动物或植物,总是痛心疾首,义愤填膺。我觉得,我有义务代表人类对以三三为代表的小动物表示我们的尊重和爱。

2. 到后来

也许是出于对三三的负疚之情,我总想在其他方面补偿他,这便加剧了我对他的宠惯。日子一天天过去,没想到我们的爱却纵容了三三的有恃无恐,他的作威作福的权威意识和老爷做派一天天在增长,有时候简直是蹬鼻子上脸、无法无天!我经常看着他的脸色,任他在家里颐指气使,骄横无礼。可以说,我对他的低三下四已经到达无以复加的程度。现在的三三,在家中的地位已经日益显赫、膨胀无比、如日中天了。他的脾气比起小时候真是不可同日而语。明明是我养活他,现在倒像是他养活我似的。我们把平等给了他,但是,我们自己需要的平等却没有了。

比如，到了吃饭时间，给他做好了科学而营养的饭食，三三却在一边趴着，鄙夷的样子，拿着搪，看都不看一眼。

我在一边好言相劝："三三宝贝最听话了，三三是最模范的标兵。"

三三把头一转，不屑一顾，不予理睬。

我无奈。

常常是左劝右劝未果，就只好暂时撤离三三吃饭的现场，假装不理他了，"爱吃不吃"。其实，我是躲在远处暗暗偷窥着他的一举一动，生怕他饿着。

三三端够了架子，摆足了谱，才姗姗地、懒懒地、很不耐烦地走向食盆，优雅地、不紧不慢吃他的饭。

我在远处静观他吃完了，才走上前，一边收拾他的碗，一边讨好地表扬着："三三真给面子啊，谢谢三三了！"结果是，我又欠了他的！

家中的阳台是三三的私用厕所，神圣不可侵犯。空闲时候我常常把报纸分类，具有浏览价值的部分我和母亲用来翻看，空洞无物、套话连篇或者低俗煽情、无聊广告的版面，就给三三铺在阳台上用来排泄大小便，物尽其用。但是，我有时候忙起来也顾不上分类。三三在阳台的报纸上弓着小脊梁拉臭臭，低着头好像专注地读报纸的样子。我注意到他每次如厕都要先看一看纸上的标题，然后专往某种版面上尿尿或者大便。他的选择常常让我惊诧。

我夸赞说："三三不用请就亲自去拉臭臭，值得颂扬。而且报纸也学得好啊！以后我介绍你当××协会的会员。"三三似乎不怎么爱听这话，拉完臭臭就大摇大摆高傲地离开了，对我的称赞置若罔闻，不屑的样子。我猜测，三三的小心眼儿里也许觉得我小看了他呢，自以为起码得请他当个理事、副主席之类的吧？我又是自讨一场没趣。

日久天长，嗅觉灵敏的三三，已经不肯安于只当一个文盲保安了，他参与到家里的文化生活当中，常常指手画脚，发表“高见”。他不允许我在电视中观看他的同类狗狗，甚至只要是四条腿的动物，以及弱小的孩子，他都不允许我看。每当这时，他便愤怒地狂吠不止，命令我换台。倘若我坚持不换，他就会跑过来抢走我手中的遥控器，小爪子在遥控器上边乱按。直到电视画面上出现花枝招展的妙龄女郎，或者出现衣冠楚楚、正襟危坐的权威样男人，三三才平息下来，把小脖子伸得长长的在沙发上卧下来，久久凝视，一副毕恭毕敬、无限敬仰的样子。有时候我抑制不住冲着三三大叫，“你为什么见到自己的同类或更弱小的生命就满脸‘凶相’，而见到美女和权威就俯首帖耳、奴颜婢膝?!”

三三的趾甲长了，走在木板地上发出踏踏的响声，经常是从一个房间奔跑到另一个房间后，收不住脚地在地板上打滑。我和母亲决定给他修剪一下趾甲。我坐在沙发上，把三三抱在怀里，左手攥住他的一条腿，右手拿着指甲刀。三三立刻警觉地收拢他的前腿，拼命挣扎，自卫一般地眼露凶光，湿湿的凉鼻子头冲着我不停地抽动着。他先是发出一种类似咳嗽似的古怪的声音，向我提出警告，然后发出低沉的呜呜声，这是三三惯用的吓唬人的伎俩。然后趁我不备，三三一下子跑掉了。

我无奈。决定还是带他去医院剪趾甲。

三三从小就善于区别男人和女人，也许因为他是个“男孩儿”的缘故，所以他一方面喜欢亲近女性，另一方面他也觉得女性比较好欺负，他这种低沉的呜呜声几乎从来都是用来吓唬女人的。在高大魁梧的男人面前，三三往往谨小慎微，露出唯唯诺诺的样子。

在我家附近有两家宠物医院，我决定带三三去那一家全是由男人当医生和护士的宠物医院。到了医院门口，我把三三抱起来，对他说："三三，我们进去让叔叔修修你的趾甲，然后我们就回家好吗？"三三来不及表示什么，我们已经走了进去。三三见到那些身穿白大褂的男医生男护士走来走去地忙碌着，立刻被镇住了，一下子变得听话、乖巧、顺从，十分配合，全然没有了在家里给他剪趾甲时的反抗。我们坐下来，他自觉地伸出小腿，一声没吭，男护士只用了十几分钟，趾甲就被嘁哩喀喳剪完了。整个过程，三三像个最听话懂事的好孩子。

也许，是三三觉得，在外人面前要表现出男孩子的勇敢；也许，是他懂得，在强大的威势下，妥协是唯一的选择。

从宠物医院回家的路上，三三始终拉长着脸，一声不吭。对川流不息的车流和路人，三三一反常态地没有表现出以往的兴奋。我似乎有一种预感，他这种不太对劲的安静中一定隐含着潜在的情绪，也许他只是等待时机发作吧。

果然不出所料，快到小区门口的时候，我们遇到一个衣衫褴褛的拾荒老妇人，她伸着手向我走来。还离着很远呢，三三便一眼把她从人群中辨识出来，冲着她不依不饶地狂吠大叫。三三似乎终于找到一个突破口，把刚才在医院里压抑住的胆怯和愤怒释放发泄出来。我慌乱地制止着这忽然而起的局势，一边对老妇人说着对不起，一边用力拉着三三，一路狂奔回了家。

三三回到家，到了属于自己的地盘，更加有恃无恐变本加厉地发泄起来。他毫不犹豫地一头钻进卫生间，以迅雷不及掩耳之速，把整整一卷卫生纸拖拉着展开，从卫生间拖到客厅，然后又从客厅拖到卧室，他滚动着卫生纸四处铺展……

待我换完拖鞋走进屋时，只看到一片白茫茫大地，真可谓："忽如一夜春风来，千树万树梨花开……"

我一下子"怒"从中来，随手抄起茶几上的一本鲁迅的书，虚张声势地对准三三的臀部，雷声大雨点小地打起来：

我让你见了高大的权威就低眉俯首、媚态百出，极尽奴颜婢膝、阿谀奉承之能事！

我让你见了自己的同类、见了更卑微的人就横眉冷目，狗仗人势，狐假虎威。本是同根生，相煎何太急！

我让你号称是家里的保安，号称以人为本，以为家人服务为己任，实际上你骄横无礼，作威作福，只会争权和夺利！

我让你整天骗吃骗喝，好吃懒做，贪婪腐化，不学无术，不注意体型，整天"只仰卧，不起坐"！

我让你只狗性，不人性……我让你……

大概是我手握鲁迅的书的缘故吧，我的言辞忽然变得一反常态的激烈和刻薄。三三一溜烟地跑开了，躲到远远的桌子底下，露出一双惊恐无措的大眼睛，莫名其妙地看着我，似乎在申辩：我所有的弱点，只是源于我本是一只狗狗啊，你痛斥的不应该是我啊！

(**附言**：亲爱的三三，我为了写这一篇《狗性与人性》，专门挑出你的小毛病放大、夸张，并升华到"人性"的层面，这对本是狗狗的你实在有失公允,你这代人受过的可怜孩子,对不起!你有那么多狗狗的可爱与美德,只是不适宜放在本篇来说。我与你一起的日子,所有人世间的纷争和冷酷,全被你无限的信赖与欢乐驱散了,你教我抓住生活中的点点滴滴尽情地珍爱和享受,教我宽容大度平常心,告诉我狗狗从不像我们人类那样看重功利和目的——这一美德。与其说收养你是我改变了你的命运,毋宁说是你改变和教会了我很多很多。永远爱你,三三!)

小狗包弟

◎巴金

一个多月前，我还在北京，听人讲起一位艺术家的事情，我记得其中一个故事是讲艺术家和狗的。据说艺术家住在一个不太大的城市里，隔壁人家养了小狗，它和艺术家相处很好，艺术家常常用吃的东西款待它。“文革”期间，城里发生了从未见过的武斗，艺术家害怕起来，就逃到别处躲了一段时期。后来他回来了，大概是给人揪回来的，说他“里通外国”，是个反革命，批他，斗他，他不承认，就痛打，拳打脚踢，棍棒齐下，不但头破血流，一条腿也给打断了。批斗结束，他走不动，让专政队拖着他游街示众，衣服撕破了，满身是血和泥土，口里发出呻吟。认识的人看见半死不活的他都掉开头去。忽然一只小狗从人丛中跑出来，非常高兴地朝着他奔去。它亲热地叫着，扑到他跟前，到处闻闻，用舌头舐舐，用脚爪在他的身上抚摸。别人赶它走，用脚踢，拿棒打，都没有用，它一定要留在它的朋友的身边。最后专政队用大棒打断了小狗的后腿，它发出几声哀叫，痛苦地拖着伤残的身子走开了。地上添了血迹，艺术家的破衣上留下几处狗爪印。艺术家给关了几年才放出来，他的第一件事就是买几斤肉去看望那只小狗。邻居告诉他，那天狗给打坏以后，回到家里什么也不吃，哀叫了三天就死了。

听了这个故事，我又想起我曾经养过的那条小狗。是的，我也养过狗，那是一九五九年的事情，当时一位熟人给调到北京工作，要将全家迁去，想把他养的小狗送给我，因为我家里有一块草地，适合养狗的条件。我答应了，我的儿子也很高兴。狗来了，是一条日本种的黄毛小狗，干干净净，而且有一种本领：它有什么要求时就立起身子，把两只前脚并在一起不停地作揖。这本领不是我那位朋友训练出来的，它还有一位瑞典旧主人，关于他我毫无所知。他离开上海回国，把小狗送给接受房屋租赁权的人，小狗就归了我的朋友。小狗来的时候有一个外国名字，它的译音是“斯包弟”。我们简化了这个名字，就叫它做“包弟”。

包弟在我们家待了七年，同我们一家人相处得很好。它不咬人，见到陌生人，在大门口吠一阵，我们一声叫唤，它就跑开了。夜晚篱笆外面人行道上常常有人走过，它听见某种声音就会朝着篱笆又跑又叫，叫声的确有点刺耳，但它也只是叫几声就安静了。它在院子里和草地上的时候多些，有时我们在客厅里接待客人或者同老朋友聊天，它会进来作几个揖，讨糖果吃，引起客人发笑。日本朋友对它更感兴趣，有一次大概在一九六三年或以后的夏天，一家日本通讯社到我家来拍电视片，就拍摄了包弟的镜头。又有一次日本作家由纪女士访问上海，来我家做客，对日本产的包弟非常喜欢，她说她在东京家中也养了狗。两年以后，她再到北京参加亚非作家紧急会议，看见我她就问：“您的小狗怎样？”听我说包弟很好，她笑了。

我的爱人萧珊也喜欢包弟。在三年困难时期，我们每次到文化俱乐部吃饭，她总要向服务员讨一点骨头回去喂包弟。

一九六二年我们夫妇带着孩子在广州过了春节，回到上海，听妹妹们说，我们在广州的时候，睡房门紧闭，包弟每天清早就在房门口等候我们出来。它天天这样，从不厌倦。它看见我们回来，特别是看到萧珊，不住地摇头摆尾，那种高兴、亲热的样子，现在想起来我还很感动，我仿佛又听见由纪女士的问话："您的小狗怎样？"

"您的小狗怎样？"倘使我能够再见到那位日本女作家，她一定会拿同样的一句话问我。她的关心是不会减少的。然而我已经没有小狗了。

一九六六年八月下旬红卫兵开始上街抄"四旧"的时候，包弟变成了我们家的一个大"包袱"，晚上附近的小孩时常打门大喊大嚷，说是要杀小狗。听见包弟尖声吠叫，我就胆战心惊，害怕这种叫声会把抄"四旧"的红卫兵引到我家里来。当时我已经处于半靠边的状态，傍晚在院子里乘凉，孩子们都劝我把包弟送走，我请我的大妹妹设法。可是在这时节谁愿意接受这样的礼物呢？据说只好送给医院由科研人员拿来做实验用，我们不愿意。以前看见包弟作揖，我就想笑，这些天我在机关学习后回家，包弟向我作揖讨东西吃，我却暗暗地流泪。

形势越来越紧。我们隔壁住着一位年老的工商业者，原先是某工厂的老板，住屋是他自己修建的，同我的院子只隔了一道竹篱。有人到他家去抄"四旧"了。隔壁人家的一动一静，我们听得清清楚楚，从篱笆缝里也看得见一些情况。这个晚上附近小孩几次打门捉小狗，幸而包弟不曾出来乱叫，也没有给捉了去。这是我六十多年来第一次看见抄家，人们拿着东西进进出出，一些人在大声叱骂，有人摔破坛坛罐罐，这情景实在可怕。十多天来我就睡不好觉，这一夜我想得更多，同萧珊谈起包弟的事情，我们最后决定把包弟送到医院去，交给我的大妹妹去办。

包弟送走后，我下班回家，听不见狗叫声，看不见包弟向我作揖，跟着我进屋，我反而感到轻松，真有一种甩掉包袱的感觉。但是在我吞了两片眠尔通、上床许久还不能入睡的时候，我不由自主地想到了包弟，想来想去，我又觉得我不但不曾甩掉什么，反而背上了更加沉重的包袱。在我眼前出现的不是摇头摆尾、连连作揖的小狗，而是躺在解剖桌上给割开肚皮的包弟。我再往下想，不仅是小狗包弟，连我自己也在受解剖。不能保护一条小狗，我感到羞耻；为了想保全自己，我把包弟送到解剖桌上，我瞧不起自己，我不能原谅自己！我就这样可耻地开始了十年浩劫中逆来顺受的苦难生活。一方面责备自己，另一方面又想保全自己，不要让一家人跟自己一起堕入地狱。我自己终于也变成了包弟，没有死在解剖桌上，倒是我的幸运。……

整整十三年零五个月过去了。我仍然住在这所楼房里，每天清早我在院子里散步，脚下是一片衰草，竹篱笆换成了无缝的砖墙。隔壁房里增加了几户新主人，高高墙壁上多开了两堵窗，有时倒下一点垃圾。当初刚搭起的葡萄架给虫蛀后早已塌下来扫掉，连葡萄藤也被挖走了。右面角上却添了一个大化粪池，是从紧靠着的五层楼公寓里迁过来的。少掉了好几株花，多了几棵不开花的树。我想念过去同我一起散步的人，在绿草如茵的时节，她常常弯着身子，或者坐在地上拔除杂草，在午饭前后她有时逗着包弟玩。……我好像做了一场大梦。满园的创伤使我的心仿佛又给放在油锅里熬煎。

这样的熬煎是不会有终结的，除非我给自己过去十年的苦难生活作了总结，还清了心灵上的欠债，这绝不是容易的事。那么我今后的日子不会是好过的吧。但是那十年我也活过来了。

即使在“说谎成风”的时期，人对自己也不会讲假话，何况在今天，我不怕大家嘲笑，我要说：我怀念包弟，我想向它表示歉意。

（1982年3月）

有关这小狗包弟的一点回忆

◎李小青

《新民晚报》二月一日“夜光杯”所载季一德先生的一篇文章《向巴老拜年》，勾起了我对小狗包弟的一点回忆。包弟是巴金先生饲养过的一条小狗。巴老在其《随想录·探索集》中有一篇题为《小狗包弟》的短文，叙述他与小狗包弟相处的经历。说起来，我与小狗包弟也有过一段接触，那是在上世纪五十年代中期。

一九五六年，上海市政府为改善文学、社科界一些知名人士的生活条件，在高纳公寓(现锦江饭店中楼，即贵宾楼)组织了一批房源，供他们居住。在入住者中，我现在尚能记起的有：章靳以、唐弢、孙大雨、孙峻青、漆琪生等。我父亲也在入住者之列，我家住进了高纳公寓南单元十楼。作家唐弢先生住进了西单元二楼。唐弢先生的儿子唐若雷和我同岁，都在读小学二年级。很巧，我们同时转学至陕西南路第一小学，并就读于同一班级。很快，我们就成了形影不离的好朋友。高纳公寓分南、中、西三单元，中单元的住户几乎都是外国侨民，不少人家都养了狗。每天我们放学时分，正是这些外国侨民出来遛狗的时候。各色狗等，一齐亮相，真叫人目不暇接。现今锦江小礼堂的原址是高纳公寓专属的遛狗场，四周有铁栅围着。狗狗们进了场子，欢蹦乱跳，做出各种各样可爱的姿势。我和若雷总是趴在铁栅上，看得如醉如痴。包弟就是这众多狗狗中的一条，它那时叫斯包弟。巴老在文章中曾提及此事："它的译音是'斯包弟'，我们简化了这个名字，就叫它做'包弟'。"它的主人是一名与我们年龄相仿的金发碧眼的瑞典小男孩，他一家人正侨居上海。斯包弟是条小型犬，身体比猫大不了多少，毛色黄白相间，眼睛大而圆，总是警觉地竖着两只耳朵，动作机灵敏捷。若雷最喜欢斯包弟，一看到瑞典小男孩牵着它出来，立刻迎上前去，或逗着斯包弟玩，或操着手势费力地与略懂一点中文的瑞典小男孩搭讪。我则跟着若雷，如影相随。一来二去，若雷和斯包弟及它的小主人处得很熟了。

大约半年之后吧，小男孩一家要回国了，没法带斯包弟一起上路，便顺理成章地把它送给了若雷。这一点与巴老的叙述稍有出入。巴老写的是："他（瑞典人）离开上海回国，把小狗送给接受房屋租赁权的人。"若雷得到斯包弟之后，喜出望外，待它如心肝宝贝一般。斯包弟十分聪明乖巧，似通人性。巴老描绘的作揖讨食确是它的本事。斯包弟最怕若雷家的保姆，有时，它太调皮，保姆对它一阵呵斥，它便夹起尾巴，知趣地躲进睡觉的纸箱里去。

一九五七年五月，我得了重病，瘫痪不起。出院回家后，若雷带斯包弟来看望过我几次。后来，他们一家搬离了高纳公寓。一九五九年，唐弢先生调北京工作，举家北迁。我与若雷就此失去了联系，也不知斯包弟的去向。实际那时，斯包弟被送给了巴老，正如巴老文章所说："那是一九五九年的事情，当时一位熟人给调到北京工作，要将全家迁去，想把他养的小狗送给我……我答应了……"这位熟人就是唐弢先生。十年动乱之后，通过孔罗荪先生的儿子，我与若雷又恢复了联系。我在给他的信中，特别问起了斯包弟的情况。若雷回信时，附了一张他幼时与斯包弟的合影，信中只说了一句：斯包弟送给了巴金先生。后来，巴金先生的《随想录》出版了，我读到了《小狗包弟》一文，十分震惊，才知斯包弟的结局竟如此凄惨，同时也为巴老在那噩梦般的年代因未能保护包弟而严于责己的精神所感动。但我又想，如果当时巴老保护了包弟，那又会怎样呢？结果恐怕只能是，包弟被乱棍打死，而巴老则罪加一等……

丙戌狗年来临了，特撰此文，为了这往昔的记忆。

（2006 年 2 月 18 日）

小黑狗

◎萧红

像从前一样，大狗是睡在门前的木台上。望着这两只狗，我沉默着。我自己知道又是想起我的小黑狗来了。

前两个月的一天早晨，我去倒脏水。在房后的角落处，房东的使女小钰蹲在那里。她的黄头发毛着，我记得清清的，她的衣扣还开着。我看见的是她的背面，所以我不能预测这是发生了什么！

我斟酌着我的声音，还不等我向她问，她的手已在颤抖，唔！她颤抖的小手上有个小狗在闭着眼睛，我问：

"哪里来的？"

"你来看吧！"

她说着，我只看她毛蓬的头发摇了一下，手上又是一个小狗在闭着眼睛。

不仅一个两个，不能辨清是几个，简直是一小堆。我也和孩子一样，和小钰一样欢喜着跑进屋去，在床边拉他的手：

"平森……啊，……喔喔……"

我的鞋底在地板上响，但我没说出一个字来，我的嘴废物似的啊喔着。他的眼睛瞪住，和我一样，我是为了欢喜，他是为了惊愕。最后我告诉了他，是房东的大狗生了小狗。

过了四天，别的一只母狗也生了小狗。

以后小狗都睁开眼睛了。我们天天玩着它们，又给小狗搬了个家，把它们都装进木箱里。

争吵就是这天发生的：小钰看见老狗把小狗吃掉一只，怕是那只老狗把它的小狗完全吃掉，所以不同意小狗和那个老狗同居，大家就抢夺着把余下的三个小狗也给装进木箱去，算是那只白花狗生的。

那个毛褪得稀疏、骨骼突露、瘦得龙样似的老狗，追上来。白花狗仗着年轻不惧敌，哼吐着开仗的声音。平时这两条狗从不咬架，就连咬人也不会。现在凶恶极了。就像两条小熊在咬架一样。房东的男儿、女儿、听差、使女，又加我们两个，此时都没有用了。不能使两个狗分开。两个狗满院疯狂地拖跑。人也疯狂着。在人们吵闹的声音里，老狗的乳头脱掉一个，含在白花狗的嘴里。

人们算是把狗打开了。老狗再追去时，白花狗已经把乳头吐到地上，跳进木箱看护它的一群小狗去了。

脱掉乳头的老狗，血流着，痛得满院转走。木箱里它的三个小狗却拥挤着不是自己的妈妈，在安然地吃奶。

有一天，把个小狗抱进屋来放在桌上，它害怕，不能迈步，全身有些颤，我笑着像是得意，说：

"平森，看小狗啊！"

他却相反，说道：

"哼！现在觉得小狗好玩，长大要饿死的时候，就无人管了。"

这话间接的可以了解。我笑着的脸被这话毁坏了，用我寞寞的手，把小狗送了出去。我心里有些不愿意，不愿意小狗将来饿死。可是我却没有说什么，面向后窗，我看望后窗外的空地；这块空地没有阳光照过，四面立着的是有产阶级的高楼，几乎是和阳光绝了缘。不知什么时候，小狗是腐了，烂了，挤在木板下，左近有苍蝇飞着。我的心情完全神经质下去，好像躺在木板下的小狗就是我自己，像听着苍蝇在自己已死的尸体上寻食一样。

平森走过来，我怕又要证实他方才的话。我假装无事，可是他已经看见那个小狗了。我怕他又要象征着说什么，可是他已经说了：

“一个小狗死在这没有阳光的地方，你觉得可怜么？年老的叫花子不能寻食，死在阴沟里，或是黑暗的街道上；女人，孩子，就是年轻人失了业的时候也是一样。”

我愿意哭出来，但我不能因为人都说女人一哭就算了事，我不愿意了事。可是慢慢的我终于哭了！他说：“悄悄，你要哭么？这是平常的事，冻死，饿死，黑暗死，每天都有这样的事情，把持住自己。渡我们的桥梁吧，小孩子！”

我怕着羞，把眼泪拭干了，但，终日我是心情寞寞。

过了些日子，十二个小狗之中又少了两个。但是剩下的这些更可爱了。会摇尾巴，会学着大狗叫，跑起来在院子就是一小群。有时门口来了生人，它们也跟着大狗跑去，并不咬，只是摇着尾巴，就像和生人要好似的，这或是小狗还不晓得它们的责任，还不晓得保护主人的财产。

天井中纳凉的软椅上，房东太太吸着烟。她开始说家常话了。结果又说到了小狗：

“这一大群什么用也没有，一个好看的也没有，过几天把它们远远地送到马路上去。秋天又要有一群，厌死人了！”

坐在软椅旁边的是个六十多岁的老更倌。眼花着，有主意的嘴结结巴巴地说：

“明明……天，用麻……袋背送到大江去……”

小钰是个小孩子，她说：

"不用送大江,慢慢都会送出去。"

小狗满院跑跳。我最愿意看的是它们睡觉,多是一个压着一个脖子睡,小圆肚一个个的相挤着。凡来了熟人的时候都是往外介绍,生得好看一点的抱走了几个。

其中有一个耳朵最大,肚子最圆的小黑狗,算是我的了。我们的朋友用小提篮带回去两个,剩下的只有一个小黑狗和一个小黄狗。老狗对它两个非常珍惜起来,争着给小狗去舐绒毛。这时候小狗在院子里已经不成群了。

我从街上回来,打开窗子。我读一本小说。那个小黄狗挠着窗纱,和我玩笑似的竖起身子来挠了又挠。

我想:

"怎么几天没有见到小黑狗呢?"

我喊来了小钰。别的同院住的人都出来了,找遍全院,不见我的小黑狗。马路上也没有可爱的小黑狗,再也看不见它的大耳朵了!它忽然是失了踪!

又过三天,小黄狗也被人拿走。

没有妈妈的小钰向我说:

"大狗一听隔院的小狗叫,它就想起它的孩子。可是满院急寻,上楼顶去张望。最终一个都不见,它哽哽地叫呢!"

十三个小狗一个不见了!和两个月以前一样,大狗是孤独地睡在木台上。

平森的小脚,鸽子形的小脚,栖在床单上,他是睡了。我在写,我在想,玻璃窗上的三个苍蝇在飞……

(1933 年)

悼花狗

◎凌叔华

不知是不是你们狗的运命也有人一样的不能用科学方法证明的预兆，这几天花狗你总是无精打采的躺在门口草地上，饭也不爱吃，小孩子招呼你，你也只摇一摇尾巴，微微睁一睁眼，便又闭上了。

前天我站在门口浇花，看见你蜷着身子躺着，不知怎的，我心上忽然一阵凉凉的难过。后来你立起来喝了一口洗衣盆的水，抬头似乎瞄我一下，我急给你换新水，你却无气力喝，慢慢的踱下山路去了。我转入房来，想起这几天听到打狗的消息，心里很不舒坦，只想叹气，不一会儿，便听见外面人嚷说花狗打死了。

我匆匆跑下楼来，听说你已被人拉到保安队那里剥皮分肉。

"我们自已养的狗，可不能让人剥皮！"好一会儿，我才迸出这一句话。花狗，你不恨这个怯懦的主人吧？你活着不能保护你，(也许可以说是没有良心的主人，因为你保护过我们一家三口一年多，我们却一朝都保护不了你！)你死了还没有勇气仗义说几句话。

后来找了一个村人把你要回来，叫他挖一个坑在僻静的山地埋了你。这时方才听说这次一共打死六只狗，数目不及狗的一半，你却是第一个遭难者。我在前两天便啰啰唆唆的东问一下，西问一下，说几时打狗，要通知一下方好。因为这样问法没有下文，我还装出很聪明的说，“通知大家，免得吓了小孩子反为不妥。”谁知怎样用心你都没有逃去这个劫，还有什么说的！怪不得你死了好一会，眼没有闭上。

但是，花狗，你也不必太抱屈了。这年头，人命其实也那里有保障的。我们无奈何时只好自怨没有生在白种国度里罢了，受尽了苦恼灾祸，到了焦头烂额，还不是说一套怨天尤人的废话便完。你也该认命吧，你为什么不托生做西洋狗或哈巴狗呢，他们是没有人想到会有疯狗嫌疑的，也许人们根本没有当他们是狗，至少在中国是这样。

说到命，我却代你十分抱不平了。上天既有好生之德，为什么却让命运的恶魔捉弄你一个够。

我记得你在去年这个时候来我家的，那时你的母亲生下你才一两天，便给人一枪打死了。剩下几只小狗汪汪的日夜叫，不知怎的竟叫动了一个兵的恻隐之心。他老远的抱出你来，说是送给小孩玩。因为当时不少人主张打狗，我们反代狗抚孤，恐招物议，就推了不想要，但是天真烂漫的小莹，她见了你却紧紧的搂着不放手，“人心是肉做的”，我不忍说出一定不收留的话了。

你那时还不会吃饭，终日汪汪的只会叫，叫得人心酸。足足饿了一天，好容易你肯喝点牛奶，小莹每日要把两回的牛奶剩下一半喂给你吃，一个月后，你才慢慢的胖起来，依依的跟在我们的脚边。

你好容易算是度过哺乳期，天便热了，你身上又生了一些虱，我们一家人都出动了才捉牢你，给你用药水洗了几次方好了。到了三伏你身上却又长了一个疮，痛得日夜啼叫，幸而那时家里的仆人都怜惜你，他们肯不避臭秽，替你洗疮上药，足足一个多月，你才好了，这时你却出脱得成了一只顶雄壮的狗了！

去年秋天，是你一生中最幸运的日子吧。山上的孩子都欢喜你，常远远的跑来找你，虽然他们大多是要骑你当马跑。你给他们玩得很疲乏，伸着舌头喘气，但是你没有一次生过气把他们摔下来或吠一声！

邻居的女主人及小孩子都很爱你，他们常留东西等你去吃。你呢，居然也懂食人之禄，忠人之事的大道理。好多次我们都指着你笑说，“看看花狗躺在去东边的路上，他兼差呢！”你那时凡看见面生可疑的人到东邻去，或到我家来，你从不曾错过一下，到那家你便向那家拼命的吠，把那讨厌的人影吠走了方住声。

我们有时到乡村走走，每怕他们的狗吠生人不敢去。有几次带了你去，一大群村狗踞在岗头，向我们狂吠，你不但不畏缩，反很勇猛的冲向前去，把那群狗吓了一跳，夹着尾巴跑回家去了。我们不禁很钦佩的望着你，你却连头也不回一回，悠然向一旁遛去。这是名将的风度！我心里常私下赞叹着。

这一年来，我们夜里能安稳的睡，做恬静的梦，都该谢谢你。你方满一个月时，夜里听到一点声音便会汪汪的吠，那吠声沙沙的带着小狗的嫩腔，使人听了自然动了怜惜。你大了，便每夜横卧在我们前门口，直到天亮开门时，你才起来。有时我们晚上出门，半夜回家，你没有一次不跳起来摇头摆尾迎上坡子去，大雪大雨中，你都没有缺过这个礼。唉，这礼字是太生疏了，不如说你没缺过这个情吧！

这样快乐日子算来只有几个月。今年春天来得特别早，山上桃杏花在二月初便怒放，太阳暖得如初夏，蛤蟆终朝叫得不歇，享福的人便哼着因人天气的诗句，你也懒洋洋的不爱活动了。

古人说的不错，“死生有命，富贵在天”，以前我只知用来解释人的遭际不会错，现在却发现也可以应用到你们狗的世界了！为了使你可爱的灵魂安静起见，也许该把你们遭遇的不幸缘起，以及命运的捉弄细说一遍。

据说不知多少时以前，曾有聪明人看见了菜花盛开，狗儿成群的吠(这时聪明人却没理会蛤蟆震天的叫，踏青的男女异样的笑，甚至终于年见风日的老公公老婆婆也拖着孙儿曳着杖在春风里嘚嘚的走！)，他便编出两句名言来，“菜花黄，狗子在”。这话传留给有心人听到，便牢记在心。每年看见菜花黄了，第一件事便叮嘱自己的孩子千万要小心疯狗咬了。小孩子谁不是说风就是雨藏不得事的，于是见了一只狗，便联想到大人的话，大喊着，“疯狗来了”。只要有一个孩子高声叫，就有一群孩子跟着嚷嚷。胆子小的，便像碰到妖怪一样，张着嘴叫着回家，一把鼻涕一把眼泪的说个不休，把妈妈一颗心吓得七上八下的跳。胆子大的呢，大多是惟恐天下无事的小英雄，他们呼哨着把石头掷狗儿玩一个饱，看胆小的孩子东奔西窜的取笑一个够，余兴未尽，便跑到大人跟前，描头画脚，加油加醋的创作出一只疯狗来。当他们看见大人(其实世上多的是理解力不如孩子的大人)摩拳擦掌嘶喊打狗，他们脸上立刻现出一种光，那与作家见人称道自己文章时脸上发的光没有多少差别吧。

花狗，我这里描述的事，原是想让你明白这次惨死彻来都是偶然形成的不幸，绝非人们与你们结了什么深仇大恨。可惜去年这时候你还太小，不懂事理。我清清楚楚的记得孩子们起先时要打疯狗，等到山路上东一堆西一堆横着淌血的狗时，曾惹得多少孩子掩面呜呜的哭，多少恬静的童年梦罩上一重黑影；甚至平日顶大胆的男孩都躺在床上哭半天，要求他的家人保护他爱的一只狗。

我还记得打过狗的第二天，就有几个孩子来我家，看见你，都伸着手很怜惜的抚摸你。

花狗，你不要恨这个怯懦的主人，等到你死了还给你说上一篇信命的废话吧！富贵在天的话，现在也不必多讲了，你若抱怨就抱怨上帝没把你托生做洋狗或哈巴狗吧，他们不但不给人打死，还有人怕他染病，打预防的针。话说回来我们中国许多人还不是同你一样命运，家里生儿子多了，养大了再不能养活，便一批一批当兵去，遇到内战，便成千成万的给人像牛羊一样赶着冲锋。聪明的人还说中国要没有内战这东西，人口问题是很严重的呢！

算了，不说了，自古皆有死，活上几十年也一样的死。你若是还觉得死得太冤了不能瞑目，这也不必。我敢同你说，就是人类，古今来没有一个不死得冤的。穷苦无告的死得冤不用提了，就是有钱有势的伟人，还不是因为吃错了药打错了针，甚至吃多了燕窝鱼翅参茸之类也会一命呜呼？在病菌来源去路没有完全发现以前，在医药尚在探讨以前，人，以至于会拿枪打死狗的人，谁能说他自己死得不冤枉呢？据说人身上只需开针口大小的一孔，就可以让几万病菌排一列队冲入血管去。这不幸机会其实是太多了，防也无从防起，谁能死得不冤枉呢！

这一大片话，并非随手拈来，让你快意。我是要给你说明世界未臻至高文明前，死得冤不冤的话是不必难过的。

我们把你埋在很清幽的一个山隅。那里有五六株含苞未放的紫藤花围着你呢。过十来天，它们开了花，它的浓艳的颜色与可爱的芬芳将带出你的个性在世上，我祝福它永远不为樵采者摧残。

自从你死后，一连三日都有风雨，桃花全谢了，山上听不见一只鸟叫，看不见一只蝶飞。东湖的水也不复浓碧如酒了。湖滨路上已不见游春的车马。远远望去，只有陶然亭题香冢的"风雨凄迷绿满汀"诗句最切此时景物了。

可爱的灵魂，安息了吧！你虽只有一年生命在世上，可是我们认识你的人，都在心的深处，铭刻着"短歌终，明月缺"的名句。花狗，静静的安息吧！

（1935年3月15日珞珈山）

养狗的故事

◎陶晶孙

有人爱狗，有人不爱狗。

我很爱狗。

我有一只狗，叫“费扶丁”，这一次打仗，我们大家避难时，她饿死在她的犬房里了。

我们避难的那一天，我预备再回家一次，所以叫她坐在犬房中，然后大家出去的，可是当日晚上我不能回去，到了第二天，我家早在火线之中了。

等了一个月，用了种种方法后，我才能够回去看一看，费扶丁死在犬舍里了。

我把费扶丁埋葬在园中柏树之下，再把家里的东西整理一下，台子上只有一张废纸，就提笔写“饿死事小，失节事大”几个字；然后离开我的旧家。

我第一次养狗，还是在大学生的时候，大学实验室的助手送给我一只小狗，我给她题名叫“由那”。这只狗玲珑小巧，常跟我到餐馆吃夜饭，我爱吃一客有牛排的西菜和好的咖啡，每道菜都分给她吃一点。不过因为她吃得不够，所以常爱到郭沫若的家里去吃一点回来。

她到夜里爱钻进我的被窝里困，所以我省去一个汤婆子。

到了早晨，我牵她出来，看她还在呼呼地困着，还可以闻着咸肉香或者大葱味。我想想如果讨了老婆，也要变成这样。

不晓得什么时候，不晓得她在什么地方爱上了别的狗。有一个时候，她的肚皮大起来了，我想，就算她生不成一百六十八个子孙，她可以有五六只小狗生出来了。不幸，很不幸，在她生产之前，她生病死了。我疑心那个大学实验室助手是不是把染着毛病的狗送给我，不过，我就脱下我的大学生制服，把她包扎好，埋在大学园中的松树之下，如造墓标怕人移去，就在松树上刻了数句拉丁语。

现在我的儿子快要入大学了，因为买不起制服，他的小气的母亲却想着那一件制服了。

第二只狗叫"登"，她陪着我的结婚生活，前后共十年。她是猎犬之后裔，有一个研究自然哲学者给我的时候，还不过生后两个月。那个时候，我们结婚也不过两个月。

登既活泼而又开心，见飞在天上之鸟，最为关心，见别人家的鸡，也一定要去追，甚至于把他衔回来。她一天在外，在风月花鸟之中，因为有她，所以我每次搬场，一定要搬到旷野有野鸟之处，为了她，我常常受邻近养鸡人家的抗议。

我们将渡海回乡之时，有个女学校的先生说要她了，因此我就替她开腹取出卵巢，然后，送给这女先生了，免得女学校中有异性之狗进去妨碍性教育。

我的第三只狗就是"费扶丁"。后来我能支配有一个研究所的一部分范围了，我们有约摸一百只狗，都是为学术而用的。有一次来了一只生皮肤病的狗，弄得许多狗都传染着了，不久，大家变成为剥了皮的样子，因此我不得不自己来弄狗的事体了；我就给群狗停吃猪肉，给它们吃牛肉，吃硫黄药等等，不久又恢复高兴的样子了。

费扶丁有猛大的力量，高迈的志气。原来多与狗交际者，就晓得狗也有各种各样的性格，好像在某作家旅行记中说人和马交际的时候，会懂马的美点一样，我爱她的志气，就叫她做我的良友。

费扶丁并不一定听我的话，她有她的一定意志，好像她在早晨，到了一定时候，会高叫而会促我出门，或者如不侵犯别之园地，而守看自己之园地，或者看路上群犬在争斗时候会去扶弱助强。

费扶丁死了，一时我没有养过狗，最近有人送给我一只狗，我试同他交际交际，晓得他年岁比较老，他已经换过几个主人，为了饥饿的缘故吧，他也爱把人给他吃的都吃，不像娇养惯了的狗。

他并不很漂亮，但是他的眼睛很清爽而无邪气，锐利而忠厚，他的皮肤毛色略已退失光泽。他见我也不摇尾，我给他东西吃就吃，他不声不响吃的。有一次他被警察捉去，他们因为没有事，看见友队养着旧犬，所以要把他来对付对付。他便不声不响地给捉去了，不过等到有了机会，他并不感谢他们所给的美食而逃回来了。

只有他的名字，我不晓得，我也不便随便替他定一个，不过没有名字，却很不便，我已经想了两个星期。有一天，我看见小镇上一家店里的人有意把一面盆的开水向他身上浇去，他被浇着了并不叫一声，以得浇水者的喝彩。又有一次，他几乎被一个毕三烹了，他仍安然逃回来，所以他的背上，还留有一些焦的地方。

在这两天之后，我给他一根牛骨，同时有一个我的朋友，他是医学博士而研究精神病的，他说，我们现在是被人颠倒挂起来也不出血了。我就说，被烹也不会死了，从此以后，我的狗便取名叫烹狗。

群狗

◎孙了红

从小我就喜欢养狗，在我十二三岁的时候，最多我曾养过四只狗。狗的食量也相当大，一只哈巴狗的食量，至少要超过一个三四岁的孩子。那个时候物价贱，我的家境也很好，所以一养就养上了四只小哈巴。换了现在，拖着一枝害肺病的笔，无论如何，也写不出四只狗的粮食来，所以直到现在，我虽一直还很喜欢狗，为了没有钱，我只能眼看这些摇尾巴的生物，专门去向别人摇尾巴。

那时我所养的四只小哈巴，其中的两只，我已记不清它们的样子。只记得另外两只，一只是黑白色的，一只是黄白的。这黄白色的一只先到我家，家里的人替它取了一个名字叫做来富。我们中国人喜欢吉利，人的大号，常常用荣华富贵，替狗取名字，也离不了这个调子。这一只来富，腿特别矮，走路东一拐西一歪，非常有趣。它像一个女孩子一样，顽皮的时节顽皮得厉害；可是看见了生人，却又十分怕羞，时常悄悄躲在身边，一点声音都没有。另外那只黑白色的，是一个英国人送给我们的，原来有个名字叫作保罗。这是个教名，我不知道它是否信仰上帝？它来的时候，颈子里就缚着一个很漂亮的圈，像是带着领圈，给人一种穿洋装的印象。这只小保罗，有一种挺怪僻的脾气，看见衣服穿得不十分好的人，它倒并不狂吠乱咬，只用一种严肃的眼光，注视那个人，表示它的厌恶。那时我们家里开着一个钟表店，店里常有华贵的小姐们出进，这小东西却专喜欢对她们摇尾巴。那时我家的人常常笑着说：这只洋装小狗的尾巴，倒好像专为那些漂亮小姐而生的。直到如今，我一想起这一只狗，同时也会想起我的朋友某君，我不知道这种联想是如何发生的？

那时我真喜欢这四只狗，差不多是形影不离，到晚上我就让它们同睡在我的小铁床上，人和狗挤在一起。为了这件事，我常常受到父母严厉的呵责，可是我不听话，那四只狗也不听话，大人们把它们从床上驱走，不是我把其中的一只抱上了床，就是它们中有一两只跳了上来；一只跳上来，大队也就跟之而来，结果，依然挤满了一床。大人弄得没法，只能督促佣人多给它们洗澡，洗完澡，还替它们洒上一些香水，索性让它们睡在我的床上。

后来我到民立中学去读书，寄宿在学校里，到星期六才能回家。我每次回家，这四只狗一听到我的声音，简直像四条狼那样从门里射出来来欢迎我，那种疯狂的高兴，使我无法形容。它们简直是从四面八方包围上来向我冲锋。跳得高的蹿过了我的头，有的狂伸着舌头想舐我的脸。它们这样高兴，为的是我一到家，它们又能受到饮食上的优待，至少在晚上又有温软的床铺可睡。人想享受狗也想享受，它们的高兴，原是不为无因的。

以后这四只小狗，死的死了，走失的走失了，记得还有两只，那是由亲友们强讨去的。而从那时候起，我家的景况，也一天不如一天，我们把花园房子卖掉了，店也盘给了别人，我们的房屋越住越小，从此不再有豢养四只狗的环境，而我也从此有很长的时间不再养狗。记得最初第一只狗,我们替它取名“来富”,在它来的时候,我们果然过着富裕的生活,来富一去,我们的富裕的生活也随之而去。怪不得我们中国人,随时随地要讨吉利。

我在十九岁的时候,我们的家,搬到了火车站边的升顺里。有一个傍晚,偶然在弄堂里散步,那时忽有一个小狗,不知道是看错了人还是什么,竟在我的身后跟了过来。我走,它也走,我停,它在我身前身后摇尾打转。我是一个喜欢狗的人,不禁吹吹嘴唇引逗着它,它也格外向我表示亲热。等我回家,它竟一直跟到了我的家门口。那只狗的毛片,很不讨人欢喜,淡黄的颜色之中带点灰色,粗看像在泥堆里面打过一个滚,其实是天生的这样的毛片。它的面貌尤其难看:嘴巴尖得讨厌,完全像是一只草狗。可是说它是草狗,它的腿却很短,耳朵也垂着,又像是哈巴狗的种。总之,这是一只太难看的变种狗。我因为它的长相不讨人欢喜,觉得把它带回了家,家里人一定不欢迎,第一个我母亲先要说话。而且,我看这只小狗,一条极尖的尾巴,被剪成了竹节的样子,可见一定有人家养着的。我自己养的狗,怕被人家偷走,人家养的狗,我也不愿意无端把它拐带回来。所以我在进门的时候,用脚尖轻轻抵着它,嘴里也做着驱逐的声音,不让它跟进门口。哪知我虽尽力把它驱走,它却尽力把它的身子,从我的脚边硬挤过来,好容易把它驱出去,关上了门,它却只在门外狺狺地低吠,表示非进来不可,我听着觉得不忍,终于又开门把它放了进来。

果然,我把这只难看的小狗收留下来之后,家里的人都纷纷向我说话,他们讥笑我说:惟有你这难看的人,才会要这难看的狗。我母亲说我弄不出好事情来,不知从哪一处垃圾堆里，捡到这样的一只小狗。可是他们你也说它难看，我也嫌它讨厌，但这只小狗，却有一处特异的地方，以前我曾养过好几只狗，我也抚弄过许多别人养的狗，我可从来没有一次看到过一只狗的毛片有这样的柔软。这小狗的身上，简直像是穿着绒大衣，又像裹着一重天鹅绒，摸到手上，有一种说不出的温暖的感觉。除此以外，这小狗还特别善解人意，它知道我们家的人，全都不欢迎它，每逢走过别人的身前时，它老是抬起可怜的眼色，向人家的脸上看着。它的态度又斯文，又小心，直等走到了我的身前，方始像一个顽皮孩子躲过了老师的眼，样子顿时变得活泼，脚步也开始放纵起来。有时它在我的身前乱纵乱跳，我常常故意用呵斥顽皮小孩的声气，呵斥它说：你这样讨厌，他们马上要把你赶走，让你没有饭吃了，还不赶快到椅子底下去躲着！说的时候，我用脚尖指指椅下，它就依着我的指示，乖乖地躲到椅子底下悄然躲起来，在椅下躲得太久的时候，它会伸出头来，呜呜地叫一声，意思好像说：我可以出来了吗？只要我重重地向它哼一声，它就来不及地再把它的尖嘴缩回到椅子下。记得那时是冷天，我常常脱掉了鞋，把脚轻轻踏在它的身上，只觉得它的又肥又软的身子，暖烘烘地，像是一个热水袋。——这一只狗，我们从它的颜色上给了它一个姓，就叫它是阿黄。

那时候，这一只可怜的小狗我总算在竭力推荐之下，在我家豢养了两三个月。可是终于因我家的屋子太小，母亲又不欢喜养狗，有一次，家里人乘我不在，他们用了一个蒲包，把它装了起来，从火车上把它带到了吴淞，而将它放走。却哄骗我说，是它自己走失的。那时我虽已非常喜欢这只狗，但因它是自己走失的，也就感到无可奈何。不料这一只可怜的生物，只被放走了一夜，到第二天就找回了家。它回来的时候，我当然十分喜悦，而它的那种疯狂的高兴，也使我无法形容，它大声地叫，像告诉我，它几乎不能和我再见。它又呜呜小吠，仿佛向我诉说：它是受到了说不出的欺侮。可怜！这小生物也有着像人类一样的悲欢的情感，只是无法说出它的情感罢了。后来我方知道它是被放到了吴淞，从那条迢迢的长途上孤零零地摸索回来的。一只小狗，能从三十六里路之外找回它的家，这不能不说是一个奇迹。从此我便格外爱怜着它。

又有一次，那时我家已迁移到了吴淞，和外祖父同居。这一次我的家人把这小狗，从舢板上带过了三里路阔的吴淞江，就把它抛弃在江东的岸滩上，他们依旧抄袭旧文，说是阿黄又走失了。可是我因上一次的事，再也不受他们的欺骗。于是我为了这只小狗，和家里人吵了一次空前未有的大架。我乱叫乱跳，乱摔着东西，我要他们赔偿我这只心爱的小狗，我想这小东西被抛弃在外，从此无家可归，也许就会饿死，甚至被人杀掉吃掉。人，多数是残忍的，什么事情做不出来？想到这里，我格外难受，也就格外吵得厉害。至此，我家里的人方始后悔，不该放走这狗引起这一场不可收拾的是非。正在闹得一天星斗的时候，不料，那只狗在上午放走的，到下午，竟又水淋淋地乱蹦了回来，那时的情形，我想任何人看到了也要受到感动：它不顾三七二十一，就把湿做一团的身子，一跳就跳到我的身上，又吐出舌头，乱舐着我的脸。总之，我简直无法说明它的高兴。这样三番两次的跳跃，它身上的水渍，一半已分润到我的身上，人与狗都湿成一片。家里人是看着又好气，又好笑，可是他们也不再阻止这可怜的生物，在我身上跳上跳下。

后来我方打听出,这只狗是怎样渡过了这三里阔的吴淞江面而找回家来的。原来,它在江东岸上,泅过了一段浅滩,跳上了一只小舢板,在舢板的一角里,水淋淋觳觫做一堆,不时还可怜地看着那些舢板上的人,像恳求他们不要把它驱走。那个摇舢板的人,根本不知道这只狗是哪里来的,也许,他误认为这是舢板中的乘客带来的,因此没有把它赶走。等到舢板船要靠岸,它又一跃下去,再从水里泅到岸上,一跃上岸而逃回了家里。原来我外祖父家吃的是水面上的饭,和舢板上的人都认识,这情形是他们亲口告诉我的。我在听到这个情形的时候,忍不住又把这可怜的小狗抱在怀里,吻着它的难看的尖嘴。我记起在我们同类之中,好像还没有遇见过这样热情的一个,我的心里有点难受,我的热泪几乎滴到这小东西的温软的毛片上!

（1947年3月）

阿黑

◎徐钟佩

据杂货店的老板娘告诉我:阿黑已经两岁了,阿黑出生后一个月就到她家。

阿黑是一条黑狗,浑身漆黑,毛头不整,全无光泽,也许它身上也有八分之一或十六分之一的洋狗血,但是看上去,却土头土脑的,全没有半点洋气,它的主人必然也知道这点,所以在我问她“这是你们的狗”时,她歉意说:“是一个朋友硬给我们的,我对我的老板说,要养狗,也养只好看些的,这种蠢狗看着也讨厌。”

自此我常见到阿黑。老板娘有一个周岁大小的女儿,早上生意忙,她总是把女儿放在坐车里,夫妻两个,忙着张罗顾客,那时总是阿黑坐在车旁。车里的孩子,把手抓它的耳朵,拉它的毛,摸它的眼睛,阿黑却从不动火,还不时伸出舌头来舐她的小手。

那时老板称粉条、装酱油忙得容易动肝火,阿黑就成了他的出气筒,走过坐车,就赏它一脚:“死讨厌,躺在这里碍手碍脚的。”阿黑也一声不响,走避一旁,等主人转身,再过来坐在小主人车旁。

一天我经过杂货铺,看见老板对阿黑拳足交加,我禁不住上前动问,我说:“干什么你这样把它毒打?”“我不杀它算是好的!”老板怒气冲天,“今天早上,我一个亲戚来买面,刚好是他家有人过生日,我一定不收他的钱,他硬要把钱塞给我,正在拉拉扯扯时这畜生不分青红皂白,把我那亲戚就咬一口。幸好只把他裤管咬了一个洞,没有伤皮肉,你看它该打不该打?”说着又补了两脚。

阿黑吓作一堆,尾巴夹在屁股里,连叫也不敢叫一声。我为它解释:“打了几下就算了,它也是好意,还以为你和你亲戚打架,所以上来帮你。”

老板大概也累了,乘势收场,阿黑夹着尾巴,默然走进店去。

这件事发生后没半月,我走过杂货铺门口时,老板娘突然把我叫住:“要不要进来看看我们新来的洋狗?”我探头进去,柜台旁边坐的是一条洋狗,一身黄澄澄亮晶晶的,四脚脚尖带些白点,伸着舌头,竖着耳朵,雄赳赳气昂昂的。

老板娘指着它对我说:“这条布朗好看多了。我是除非不养狗,要养,就要养好看些的。”

那条叫布朗的洋狗俯下头去,舐着它女主人木屐里的脚趾尖,女主人带着一脸的骄傲又对我夸耀:“我是傻瓜,记不清楚,早上老板对我说,它是英国一种什么种,反正是上好洋狗。”

我对这新来的洋狗浑身打量,姿态毛色的确都不差,我也忍不住走进去对它伸出手来。它看见我伸手,也把前脚伸出来搭在我手上。老板娘笑得前仰后合的:“不是吗?”她对我说:“这叫握手!”

给她这一笑,隔邻和对门的几个老板都走了出来:“它还会握手?”大家异口同声地问,经我和老板娘证实后大家都伸出手去,争和布朗一握。

在我正要回身退出店门时,忽然看见在这群人背后的阿黑。它也想跻身进来看热闹,却又怯懦地不敢上前,我拍拍它:“你有了伴了,阿黑。”

老板娘就叫:“阿黑,过来!”接着却又把它一脚踢开,“滚远些!”她对它高骂,“我看见你就生气,一身蠢相,只会咬人,你会握手吗?”布朗也抬头看见阿黑,站起来想和它亲热,阿黑却似乎自愧不如,一步步直往后退。

四邻大笑起来:“这阿黑真不中用。”老板娘却例外地帮阿黑说了几句好话:“别瞧它这样,夜里守门倒还好。”我正想说:“你倒还算公平。”谁知她又接下去:“你们哪位要它,我就奉送,它也会看看门,不光是吃白食。”

隔壁水果店的老板鼻子哼了一声:“你自已有了好狗,就把蠢狗往外推,老子要养,也要养只会握手的洋狗。”大家都笑了。

其后我就不常看见阿黑,为探它的行踪,我到它主人店里去买些东西,我四面一看,阿黑不在,布朗也不见,我搭讪着问老板娘:“怎么两只狗都不在家?”

她笑了说:“老板带布朗出去散步了。阿黑现在给我关在后面,省得它出来疯。”我乘她包东西时,溜进店后,想看看阿黑,却是四面找不到它的踪影,我回身出来,忍不住又问:“刚才我到后面去,没看到阿黑。”

“你倒记挂它。”老板娘笑着抱起小女儿领我走到厨房,用不着我找,阿黑已经闻声而出,前脚纵起,用脚爪直摸老板娘手里的孩子,老板娘直说:“滚开,你脏死了。”

阿黑依然旧样,在我浪漫的想象里,我以为它一定垂头丧气，骨瘦如柴，谁知它见人依然摇头摇尾，丝毫没有介意主人对它的歧视。

这样我也就对阿黑放了心，我开始喜爱布朗，每次见它也和它握握手，逗它玩。阿黑的影子，渐渐在我心里隐去。

端午节前我经过杂货店门口时，忽然又看见了阿黑，而且蹲在它身旁的，竟是它的男主人，他正在替它套上狗索。阿黑摇着尾巴伸着舌头，不时舐它主人的手，一副受宠若惊的样子。

我站在一旁，看它跟着主人，跳跃而去。我问它女主人："今天怎么轮到阿黑出去散步了。"

"不!"她双手连摇，"这只阿黑，一天要吃上三碗饭，米粮太贵，我养不起它，又没有人要它。昨天老板和一个朋友讲起，他朋友说这种狗要它干什么，不如宰了。那朋友狗肉烧得五味喷香，不信你明天早晨来尝一块。吃了狗肉不生疟疾的。"

她若无其事地又去忙着张罗其他的主顾了，我却茫然若失，三脚两步地走出店门，直奔老板刚才去的那条大道。

那时夕阳已沉，路上只有疏疏落落的几个行人，公路转弯处，我依稀看见一只摇头摆尾的黑狗身影，但是暮色苍茫，也不敢断定它是否一定是阿黑。

追念小友阿黑

◎周瘦鹃

我还清楚地记得，这一天是一九五七年一月十三日，气温低到了摄氏零度以下，风像虎啸般在呼呼地刮。我的心上似乎压着一大块铅，沉重得很；原来我的小友阿黑忽地死了！阿黑是谁？并不是所谓圆颅方趾的人类，而是在我家活了十八年的一头黑毛母狗。

在抗日战争期间，我家原有一头黄色的母狗，不幸牺牲于日寇枪弹之下，也算是殉了国；遗下了两个孤儿，一黄一黑，黄的不久夭折了，就剩下了黑的，孤零零地活着，这就是我的小友阿黑。那时我在上海《申报》馆工作，全家移居上海，由花工张世京留守家园，照顾花木，阿黑也是他饲养长大的；屈指算来，已足足有十八年之久了。

阿黑恰在苏州沦陷的黑色日子里出生，可说是饱经了忧患。它的母亲殉了难，先就享受不到温暖的母爱；然而它竟顽强地成长起来，茁壮可喜。有时我从上海含垢忍辱地回到苏州来看看故园花木，它虽并不跟我常见，可是一见我进门，就摇头摆尾，表示欢迎，好像认识我这名义上的主人似的。

它在这漫长的十八年间，倒也可以说得上是迭经世变，饱阅沧桑的了。它曾亲见穷凶极恶的日寇垂头丧气地退出了苏州，亲见祖国获得了最后胜利。它的小心眼里，也许会因母亲之死得到了报偿而分外高兴吧！它也曾亲见我全家重返故园，不再让它消磨那寂寞的时光。它也曾亲见我流干了眼泪，埋葬我那三十年来相依为命的亡妻胡凤君。它也曾亲见我鸠工庀材，在劫灰中重建了家宅。它也曾亲见我重续鸾胶，和三个小女儿的先后诞生。它也曾亲见我那些成年的子女，逢到岁时令节，跟他们的爱人成双作对而来，和我同叙天伦之乐。它也曾亲见人民解放军浩浩荡荡地进入苏州，解放了这个灰溜溜的古城。它也曾亲见我先后当选了市人民代表和省人民代表，过着晚年甜蜜蜜的幸福生活。它也曾亲见这些年来国内外贵宾们的光临小园，而伴同我欢迎和欢送。十八年来，它跟我共忧患，同安乐，已滋长了亲如骨肉的情感。它好容易从烽火连天中成长起来，仿佛是一个二九年华的少女，正在挺好的年头。我希望它好好地活下去，看到一个十足富强的社会主义新中国的建成。谁知它竟死了，默默地死了，怎么不使我为它悲哀，为它落泪！

阿黑是中型的身材，长着一身光泽的黑毛，只有腹部和四只脚是白色的，简直是其白如雪。它平日深居简出，守身如玉，十八年来从未生育过。它看守门户十分尽职，一听得陌生的人声，就吠叫报警，然而决不胡乱咬人。我有时为了参加晚会，夜深回家，它总在门口摇尾相迎，从不偷懒。它生性特别温和，常跟小猫在一起玩，让它在身上跳荡，决不生气。我每天在午晚就餐时，它总守候在侧，似在耐心地伺候我。餐罢我总把鱼骨、肉皮、虾壳等亲自喂给它吃，它吃完之后，又在门口等着，我总得把嚼烂了的最后一口饭菜赏给它，习以为常，它也欣然领受。一个月前，它的腹下生了一个瘤，没法给它疗治，哪知竟天天肿大，终于溃烂；但它依然很活泼，每天依然伺候我吃饭，像平时一样。我以为这是不妨事的，就麻痹大意起来。不料一连几天，我为了出席市人民代表大会，不在家里吃饭，它也就躺在柴房中，不再出来。到了十三日清早，旭日尚未东升的时候，劳动大娘来报阿黑死了。我大吃一惊，立即跑去看它，见它侧身躺在稻草上，好像睡熟了一样。我掉着眼泪，回身到客堂中把花瓶里插着的一枝蜡梅花拔了，仍然跑到柴房门口，安放在它那毛色漆黑的身上，悄悄地说道："阿黑，你好好地去吧，但我希望你再来！"并作悼诗云：

忧乐相依十八年，迎宾司户念君贤。而今归向灵山去，何日重来续旧缘？

小黑蒂

◎谢冰莹

“小黑蒂,被王家的大狗咬死了!”

十二月一日的上午十点半,我从师院下课回来,一走进巷口,三位小朋友同时告诉我这个可怕的消息;我听了真像晴天一声霹雳,连忙向王家的门口走去,小朋友跟在我的后面又补了一句:“是孙妹妹把小黑蒂抱到王家去给狗咬死的。”于是我先去质问孙妹妹为什么她要把小黑蒂抱去王家。

“我抱着小黑蒂在外面玩,王妹妹一定要我抱到她家里去玩,我抱去了,她家的狗就把黑蒂咬死了!”

孙小妹说着,她的母亲也出来向我道歉,同时还说了许多同情小黑蒂,安慰我的话。

“我不在家,小妹不应该把它逗出来玩的。”

除了对她说这句带有埋怨的话外,我还能说什么呢?

我像受到了一个莫大的打击,在这一刹那,我已忘记了自己家,忘记了还要预备午餐,我急急地走到王家,王小妹不敢出来和我见面,她的爸爸一见面就向我赔不是:

“谢先生,这真是一幕不可挽救的悲剧!我下课回来,走进门口,突然看见我家的狗在咬你家的小狗,我就赶快用一根大棍子打它,也不知什么缘故,怎么也制止不住,终于活生生地把一条可爱的小狗咬死了!我把小妹打了一顿,她自从出生到现在,我从来没有打过她,今天我实在忍不住了,才把她痛打了一顿。现在小狗是死了,你说应该如何补救这悲剧?”王先生一口气说到这里。

“现在小黑蒂的尸体在哪里? 我一定要看看!”

我凄然地问,明知如果我见到了它的尸体更要伤心,我仍然急于想要看看。

“为了害怕我的狗再蹂躏它的尸体,我把它丢到后面水田里去了!”王先生很抱歉似的说。

“谢先生,您千万别看,方才我看见小狗被咬得头破血流的一幕,至今心里还在难受哩!”志敬也在旁边劝阻我。

“唉! 小黑蒂真死得惨! 我的孩子们回来,叫我如何交代呢?”

我猛然看见地上一摊血,眼泪立刻涌上来了,但我极力忍住,不使它落下。

“是的,文湘和文蓉回来知道了这件事,一定很伤心的;好在我的狗生了五条小狗,随便他们挑选一条或两条都可以,你说好不好?”

我用摇头来回答王先生的提议,我还能说什么呢,一颗心像破碎了似的伤痛,我垂头丧气地回来,开了自己门上的锁,黑蒂早已蹲在门口候着我,它的眼里闪着亮晶晶的泪光,我知道它一定也非常伤心。我开了门,黑蒂先我进来,它望望和小狗住着的小屋,又望望那个小黑蒂常从那儿伸出头来的小洞,汪汪地仰天长吠了几声,然后用眼睛伤心地盯着我;这时我实在忍不住了,热泪终于像雨点似的洒在黑蒂的身上,我用手抚摸着它的头,它立刻前脚站起来向我身上扑来,摆了摆尾巴,好像很感激我安慰它,同情它的样子。

我脱了皮鞋把书包向榻榻米上面一扔，就坐在玄关的木板上呆呆地想：

俗话说："福无双至，祸不单行。"今天早晨那只被黑猫咬伤的鸽子刚刚死了，接着小黑蒂也发生惨剧，难道真中了祸不单行这句话吗？

从纱门里，我看见黑蒂还在那里望着我伤心，我开了门让它进来，蹲在我的旁边，和我默默地相对。

记不清是去年春天哪一天的黄昏，湘儿抱着一条全身是棕黑色毛的小狗笑眯眯地问我：

"妈妈，请你答应我，我要养着这条小狗。"

"不行，狗会咬人，我从小就怕狗，讨厌狗，不要养它。"

我干脆拒绝了他。

"这么小，它不会咬人的，狗很聪明，我来训练它不要咬客人，只许晚上咬小偷。"

孩子把脸贴着小狗的脸，我更生气了。

"看你这孩子多么不害羞！小狗脏死了，还不赶快把它丢到地下。"

"妈，允许我养着它吧，我可以天天给它洗脸，夏天还带它去游泳；我要训练它用嘴替我衔书包，陪我上学。呵，妈，我想起来了，你有时候上街买菜，不是嫌篮子太重，你提不动吗？如果小狗长大了，它就可以替你代劳了。"

跟在他后面的几位小朋友，同时哈哈大笑起来，我也忍不住笑了。

"小狗，我妈妈笑了，她已经准许我养你了，赶快给我妈妈行个礼吧。"

湘儿连忙抱着小狗向我鞠躬，我仔细看看这小狗的一对眼睛又大又亮,向人注视的时候,好像很亲切,很多情的样子;于是我允许湘儿暂时养着它,假如长大了不听话,再把它赶出去。

“妈,你不知道这是一条多么可怜的小狗,它没有爸爸妈妈,一个人孤零零地在外面流浪,我们如果不收它,它实在太惨了!”

听到“一个人”上面,我又笑了,孩子以为我也像它一样高兴,就要我给小狗取个名字,我说:“我没有功夫取名字,它的毛是黑的,就叫它‘黑蒂’好了。”

从此大家都叫它黑蒂,全院子的小朋友都喜欢逗它玩,它也几乎忘记了自己是一条狗,好几次它溜进榻榻米上面来,我把它赶出去,它就用前爪拼命在纱门上面乱抓,好像很生气的样子;尤其当它看到我们吃饭的时候,没有给它吃,它就在外面大叫大闹。

“看你的黑蒂,讨厌不讨厌?”

有一天,正在吃饭的时候,我瞪着眼睛骂孩子。

“妈,它想和我们一块儿吃饭,以后你先喂它吧,省得它饿得难受。”

我深深地了解儿童的心理,在他们的脑子里,一切动物都是平等的;他们爱动物,也像我们爱孩子似的真切,好几次我想把黑蒂送给别人,只为了怕引起孩子的伤心,终于没有这样做。

日子一天一天地过去,黑蒂来时像一只小猫,如今却长得有两尺多长,一尺多高了。也许因为它的身段娇小玲珑,又活泼,又多情的缘故,追求它的异性也特别多起来。

“要养狗也应该养一条公狗,黑蒂这么小,就跟它们在一块儿胡闹,真太讨厌了!"

有一天,达明大发起脾气来了,我悄悄地告诉孩子,他连忙对黑蒂说:

"你以后就老老实实地呆在小屋里吧,不要再出去胡闹了,我爸爸在发脾气呢。"

黑蒂也像听懂了话似的,真的躺下了。孩子不放心,又给它锁上一条铁链,谁知下午他回来一看,黑蒂已带着链子不知道跑到什么地方玩去了。

十月十五日的晚上,我正在关鸽子笼的时候,忽然听到小动物叫的声音,又像狗,又像猫,回头看看三只小猫都在屋里,我心里想:"难道这是黑蒂生了小狗吗?"

我叫湘儿拿手电筒来,顺着声音的方向,我撬开了竹林,果然看见一大堆小老鼠似的黑东西在那儿蠕动。

"快来看,黑蒂做妈妈了!"我大声地叫着。

这时候,两个孩子飞快地跑来了,一见小狗便说:"那么一点点大,乌黑乌黑的,好好玩呵!"蓉儿说着,恨不得把小狗抱来玩玩,湘儿的脸上充满了笑容;黑蒂好像很累的样子,微闭着眼睛,它用脚紧紧地抱住五条小狗,恰像一个女人抱着她初生的婴儿一样。我看了这情景,感动极了,我叫孩子走开,让黑蒂静静地休息一会儿。

"妈,多给点好东西给黑蒂吃吧,它有五个孩子要吃奶呢。"

真想不到湘儿是这么仔细的,他知道要特别注意黑蒂的营养。

当天晚上,天在下着毛毛雨,我们都担心黑蒂母子受凉,临睡前,我又用手电去照了一次,它们的身上是干的,想必因为竹林很密,所以雨点没有打湿它们。

第二天,我用排骨汤拌了一大碗饭放在平时黑蒂吃饭的地方,一直到下午,饭还是好好的,一点也没有动。我想:黑蒂一定舍不得离开它的孩子,于是我把饭盆送到竹林里去,果然它狼吞虎咽地把饭很快就吃光了。从此它再也不出去和别的狗玩耍,除了大小便出去一下外,整天日夜都守护着小狗,我告诉孩子:"妈妈也是这样把你们抚养大的,全世界上的人类和动物,也都是这么爱他们的孩子的,你们看了有什么感想?"

"妈,这大概就是母爱吧?"

蓉儿的嘴素来很快,她抢着先回答了。

"对了!这就是母爱,一种崇高的,伟大的母爱!"

我们看了很久很久才离开。

大约是半月以后吧?一个风雨交加的上午,我正在赶写一篇文章,忽然听到黑蒂又在走廊上汪汪地大叫起来;它用前爪使劲地抓着纱门,我并没有起身,只骂了它一顿;不料它叫得越来越凶,也抓得越来越急了。

"还不到吃饭的时候,你在闹什么?"

我对着纱门骂了一声,又继续写我的稿子。

雨,越下越大了,我猛然想起它一定要我去想法子盖住它的孩子,免得给雨点打湿了,我雨衣也来不及穿,就从后面走廊下去;撬开竹枝一看,果然它们睡觉的地方都被雨淋湿了,我赶快找一只网篮来,然后把小狗捉到篮里,再运送到那间专为黑蒂造的小木屋子里去;我开始捉时,黑蒂张开着嘴,做出要咬我的神气,我赶快用手摸摸它的头,同时对它说:

"黑蒂,我不是捉走你的孩子,我是替你们搬家呵!"

我像面对着一个哑巴,先用手指指一下小狗,再指一下网篮,然后又指向它的小屋。过去,我不相信“狗通人性”这句话,而经过这次小狗搬家,我完全相信。黑蒂似乎明白了我的手势,让我把小狗捉到篮里;突然,它的前爪立刻攀住了篮子的边缘,我有点胆怯起来,我怕它咬我,于是先把这两条送到木屋里,再回来捉那三条,它也跟着我走来走去,正像一个跟班的马弁似的。

把五条小狗统统搬去,我的衣服完全打湿了。

一个月以后,小狗都能出来玩了。它们长得很肥,很美。毛,完全是黑的,而且黑得发亮;可是黑蒂却愈来愈瘦了!

“妈妈,黑蒂瘦得太可怜,你多给小黑蒂它们吃稀饭吧,把我的牛奶统统给它们吃,我的身体很棒,不要喝牛奶。”

湘儿说着,我真的倒了一点牛奶在稀饭里,五条小狗围在饭盆的四周,恰像一朵黑梅花。其中有两条性子很急,前脚踏进盆里,于是挤得一塌糊涂,那样子,实在有趣极了。这时,黑蒂总是站在一旁望着,等小狗都吃饱了,才去吃他们剩下的残饭,同时用舌头舐去小狗腿上的牛奶稀饭。

“你计算计算,家里养这么多鸽子,猫、狗、兔子、鹌鹑,如何得了!连人带动物一共有五六十口,不要说它们都要吃东西,就是不吃,见了也心烦呀!赶快想法疏散;要不然,我要全部把它们赶走了!”

有一天,达明用严肃的态度责备我,我只好第一步疏散小狗。我用花篮把四只小狗装在里面,外附一封信,写明它们的母亲叫黑蒂,十月十五日生的。我要小朋友好好养着它们,我自己的名字和地址都没有写。我悄悄地把小狗送到龙安小学去,后来听说就在那天朝会的时候,老师把这件事广播出来,很多小朋友争着要小狗,结果是用抽签的方法解决了。

送掉四只小狗，两个孩子都埋怨我，我只好默默无言地忍受。从此小黑蒂便成了幸运的宠物，它吃得越来越胖了。全院子的小孩都喜欢它，想要抱它，用脸挨着它的小脸。小黑蒂最爱钻进房子下面的地洞里去玩，有一天我叫它出来吃饭，叫了好几声，不见它出来，以为发生意外，我蹲下来把眼睛贴到洞口去探望，只见两道又大又亮的目光向我射来，立刻它的小嘴快要接近我的鼻尖了，我赶快站起来骂了一声：

"小黑蒂，你真顽皮！"

孩子每天放学回家，总要找小黑蒂玩一会儿，有时和它赛跑，有时它叫滚皮球；假如它从园门口溜出去了，孩子马上又把它抱回来。

"妈，小黑蒂给王家的狗咬玩了，我要他们赔命！我要替小黑蒂报仇；妈呵……我要小黑蒂……"

湘儿一回家便边跳边哭，眼泪像骤雨似的滚下来，书包还挂在他的肩上，更忘记了脱鞋子；蓉儿也在痛哭，她附和着："非要他们赔命不可，我们不要别的狗，我们只要小黑蒂！"

整个房子里充满了一片极悲哀，极沉痛的哭声，这哭声，只有在母亲死去了儿女，或者父母去世，儿女痛哭才能听到的。我无法安慰他们，只有让他们哭个痛快。

已经天黑了，孩子们都不肯回家吃饭，他们蹲在门口，四只小手抱着黑蒂在呜咽地流泪，我不敢惊动他们，只默默地递给他们两块手帕……

小黄儿

◎白先勇

去年我还在台南念书的时候,因为学校里没有宿舍可住,只得在学校附近租了一间房,作为临时下榻之处。房东是个光棍,以前大概做过什么"长"的。据说他曾经有过一位太太,后来因为被他着实地揍过一顿,一气就跑走了,从此再也没有人看见她回来过。在这种情形下,我所居住的环境实在可算是非常清幽的。

我不用担心常受房东的打扰。当然,每个月头他来收房租计算电水费的时候,那就难免会发生一些小小的争执。他老怪我浪费电水,我也只好常常提醒他:他从来没有关过灯睡觉呢!此外我很不可能看见他,白天我去上课,晚上不过两点他是不轻易回来的。同时我也难得听到他的声音,有话那必定是他在外面赌输了钱,一个人会在房中叽咕一阵。

我喜欢清静,不过过分清静却又变成寂寞了。在台南时我就常常有这种感觉,有时做完功课想找个伴儿聊聊天亦不容易找到。房东先生当然不愿跟我做伴了,因为他说的话我不大听得入耳,而我讲的东西大概他亦是听不进去的了。所以我们平常见面,除了各人扮出一副笑容来点个头以外,好像再也找不出一句话来了似的。

可是有一天,这种静如止水的生活起了一个小小的漩涡。

因为有个第三者闯入我们的生活圈子来了——那就是小黄儿。它是房东先生从邻居那儿抱进来的，那时候它还只有三个多月，要是你乍看起来一定不会喜欢它的。它的外貌又瘦又小，两排肋骨像洗衣板一样突出来，一身的黄毛一点光泽都没有，把它放在地上它就爱跑到墙角里缩成一堆，倒像一只老鼠。不过它却有一双炯炯发光的眼睛，这充分显示出它的灵巧来。

小黄儿一来，我就对它发生了无限的好感。我们正是同病相怜，房东把它一拿来就似乎忘掉了，而我呢？除了我的房租是我跟房东先生接触的惟一媒介外，也不比小黄儿强得了多少。同时我也渐渐发现小黄儿确实是个教人疼爱的小家伙，你别瞧不起它是个小丑货，它实在具有一般的狗所没有的灵性呢。

房东先生很忙，他整天是要打牌的，因此小黄儿常有挨饿的危险。它一饿了的时候就跑来我窗子底下“呜！呜！”地诉苦，我当然要义不容辞地帮它解决问题了。我每天上饭馆的时候，总带些剩菜剩饭回来，此后小黄儿便免除了饥饿的威胁，而它也很快地变成了我的莫逆之友。

我说小黄儿是逗人怜爱的小精灵是一点也不过分的。它善体人意，我需要它的时候，它准会来乖乖地陪着我。譬如说，当我躺在床上休息时，它就跑到我门口来，转着一双乌溜溜的大眼睛，瞅来瞅去，只要我一招手，它就像奉了圣旨一般，欢天喜地地摇着尾巴到我床前来，用它的小嘴巴吻吻我的手心，舐舐我的手指，作出百般亲昵的样子。有几次我因为想家，刚刚惹起了一点愁思，哪知被它这一弄就搞得烟消云散了。

在饭后散步时，小黄儿常常是忠实同伴，我们最喜欢到附近的浅草坪中徜徉了。小黄儿一到了那儿就活泼得像一头小豹儿一般，东跑西跳，打几个滚又爬到我面前来扯扯我的裤角。有时我高兴起来想追赶过去抓它，可是这个小东西实在敏捷，等我扑到跟前，它又一纵逃走了。当我不逗它的时候，它却回过头来，努力地竖起一只耳朵，向我“汪！汪！”地叫两声，脸上一副顽皮相，惹得我不禁哑然失笑。

小黄儿长得很快，才半年工夫已经完全发育成一匹小雄犬了。它长得要比以前漂亮得多，四肢变得粗粗短短的，胸前长了结实的肌肉，两只耳朵已经竖得直直地，连那身并不太雅观的黄毛也添了光泽。要是有些孩子走过篱笆边，它就发出一阵洪亮的吠声，很有些儿英雄气概。不知道什么理由，我一看见小黄儿在草地上跑跳，心中就觉得无限地欣慰。这一段日子我们可以说一直是“相依为命”的。有一次，我病倒在房中，没有一个人来看望我。房东先生不在家，就算他在家里，也想不起来看我的。那晚我发了很高的烧，整个人迷迷糊糊，只听得窗外淅淅沥沥下着大雨，四周漆黑，两扇窗户被风吹开了，打得“劈、劈、啪、啪”发响。我感到恐惧，我感到孤立无助。正在这种令人绝望的当儿，我忽然听到窸窸窣窣的一阵声音，在黑暗中，我看到了一双炯炯发光的眸子。那是一双多么熟悉的眼睛啊！我的恐惧立刻消除了。我好像遇到老朋友一般，兴奋得忘了病痛，挣扎着起来去摸摸它。小黄儿还是跟往常一样，跑来舐了舐我的手指，好像是向我问安一般。那晚上它没有出去，它睡在我床边度过了一个雨夜，有它陪着我，我感到十分安全可靠。

如果说小黄儿是属于房东的，倒毋宁说是属于我的来得切当些。因为自从小黄儿来后这半年,一直跟在我身旁,房东先生根本不理睬它,可是当他的朋友问起小黄儿的时候,他却竖起一只大拇指得意洋洋地说道:“我这头狗真是呱呱叫,我打开大门也没有个贼儿敢进来一步呢!”说来他又像很爱小黄儿似的,拍拍他的头。其实只有我才知道,房东先生并不爱小黄儿。有一次小黄儿饿急了,偷吃了厨房一块牛肉,房东先生竟把它一顿毒打,后来经过我半个月小心的调养,小黄儿才勉强能够走路。

为了要使小黄儿脱离苦海,我曾向房东说,情愿花一点代价把小黄儿要过来。谁知房东先生听了我的话,竟把脸一拉做出一副皮笑肉不笑的样子说:“嘿!嘿!老弟,你倒说得容易,我费了多少心思才把这头狗子养得肥肥胖胖的,日后我还要拿它来派用场呢!哪里就能够这么轻易给你了?”我无可奈何,只有暗暗替小黄儿担忧而已。

小黄儿的厄运终于来临。有一天,正当我吃完饭归来的时候,我想拿那包带回来的饭去喂小黄儿,谁知连它的影子都找不见。往日在这个时候,它总是在我窗下等着我回来的,因此我心中很是疑惑。那晚是周末,房东先生请了好几位客人来吃饭打牌,房东先生亲自在厨房弄菜,我猜小黄儿大概也在那儿。可是当我走到厨房门口的时候,里面的情景竟把我吓呆了:小黄儿确实在那儿,不过四条腿已给绑了起来,而且是放在水槽里,它一看见我进来就拼命摇着尾巴尖叫,好像是向我求援似的。灶上烧着一锅滚水,热气外冒,房东先生及几位客人都在里面,房东身上系了一块围布,袖子高卷正在磨着一把闪亮亮的尖刀,另外几个人有的在切姜丝,有的在切葱条。他们好像很忙,也好像很快乐,连小黄儿在水槽里大声哀叫,都似乎一点也没有听见一样。房东先生看看见我走进来，便笑嘻嘻地迎上来说道："呵！呵！老弟，你瞧，我今天晚上要做一样最拿手的菜来请客：'红焖狗肉'！你也来尝一碗如何？"

没有等他说完，我就愤怒地叫了起来："你没有资格杀害小黄儿，它是我的！它是我的！"

房东脸色一沉，冷笑道："哼！我没有资格？我就做给你看看。"说完他就一手叉住小黄儿的头，一手握着尖刀往小黄儿的颈子上用力一插，小黄儿痛得一阵惨叫，四肢挣扎得很厉害，血点溅了房东一身。另外几个人此时也一窝蜂拥向前去，七手八脚，有的抓腿，有的扯耳朵，把小黄儿按得一点都动弹不得。于是房东咬牙切齿地拿着刀，在小黄儿的喉管上狠命地来回宰割，口中不断地咒骂："他妈的，我看你死不死？我看你再动？"其余的人亦在附和着："哈！哈！哈！动不得了，动不得了。""快点去拿滚水来把皮剥掉！""喔唷！好肥的一条狗！焖起来才鲜呢！"在一阵欢呼中我逃到了我的房中。当我无力地躺下来的时候，我的眼泪也跟着流出来了。那天晚上我整夜没有睡，因为我耳朵里充满了小黄儿哀叫的声音，眼前总脱不了它一身带血的惨象。

过了几天，我搬出了那间房间，也离开了那位房东，我真希望这一生再不要看见他了。

（1957年12月5日）

秋日的诀别

◎刘慕沙

阿狼已经有五天没有进食了。

早晨起来，看它离家拖着消瘦的身子，蹒蹒跚跚地朝着村子的大门晃去，我就晓得它又要到它的老地方去了。

那是村子大门外，通往另个眷村的那条水泥坡道旁边的一片荒地。自从公家在这里建了眷村以后，那片旱田就荒废在那里，一度变成附近几个眷村的孩子们的棒球场。然而，一个不注意，杂草竟长有半人高了。

早饭后，送男主人到村口的广场上搭交通车，顺便看看阿狼是否又窝在荒田的草丛里。我们站在田埂上喊了几声，只见它那黄褐色的脑袋，从秋风拂动的杂草之间翘了起来望望我们。它没有像以往那样脸上绽满了笑容，撒开四肢，箭也似的纵跳到面前来。然而，我很明白它并非不再喜欢我们了，或是为了什么缘故跟我们怄气，而是已经虚弱得走路都有点问题了。而它那眼神，又是多么无奈和充满了歉意啊，只差没有对我们说："亲爱的爸爸妈妈，原谅我没有力气跨过去跟你们亲热了。"

曾经听说过，一条好狗在生命即将结束的时候，会自己找地方躲起来等死，不愿让主人看到它死亡的模样。

这么说，阿狼是准备离开这个人世，准备诀别这么疼爱它的我们这一家人了么？它又怎么能够像一个高僧预示圆寂的日子一样地晓得自己的死期呢？而它在这世上的日子，也不过短短的八年啊！我在杂志上看过的，狗也有活过二十年的，那上面还附有那双"犬瑞"在品尝主人为它准备的庆祝二十整寿的蛋糕的照片呢。而阿狼却要与我们离开了，怎么可以！我禁不住要向上帝抗议了。我本是个顶赖皮的人，希望世上的一切事物永远保有它的美好，希望时光永远停留在每一个人的好时光里。

我们从镇上找来了一位兽医，他本是位以猪、牛、鸡、羊等家畜为主要医治对象的大夫(真遗憾，当时我们还不知道有专门医狗医猫的家畜医院)。他看了看后告诉我们，阿狼年纪大了，又长得胖，以及负荷过重，只能尽尽人事地打打针，吃点药了。

这么说，我们真的只有束手无策了，而我们所能尽的人事，只有隔个半小时便带点牛奶或水去看看它，等到太阳下山，再把它抱回家里来，以免它露宿野外，受到夜风和露水的侵袭。

荒田的另一侧，是一道蜿蜒的小路，直通到远远的山脚下。我们搬到这里来的第二天，一家五口人同着阿狼，便沿着这条小径去探险过。我们翻过丛生着相思树的小山，意外地发现了一座幽静的山谷，当即取名"灰狼谷"。大伙儿一路采着野花和荒穗，唱着、闹着地来到谷口，又是一番惊喜地发现：眼前豁然展开的，是金黄一片的稻田和柑橘累累的果园，还有炊烟袅袅的农家门前的旷场上，放学回来的小朋友们，在那里追逐嬉戏。他们稚嫩的喊叫，夹在犬吠和鸡鸣中，格外清亮而飞扬，那是天使的声音，我们竟是误闯入桃花源的凡夫俗子了。阿狼更是兴奋得前后奔窜,不时仰起脸来高吠几声。在这以前,它几时看过这么大的天地,这么原始得令它乡愁的草原啊!

我们穿过农家前面的树林子,绕回原先的山前来。整个的探险过程历时五十分钟。从此,灰狼谷不仅成了我们家一早一晚必去闲逛的"秘境",也变成来我们家的客人必被引导去浏览的"石门水库"啦(那时我们遇有外宾来访,总有个参观石门水库的节目)。

而自从阿狼开始躲藏到荒田的草丛里以来,我们就再没有到灰狼谷去过。我们太明白它已不再可能有力气爬上那道布满了银灰色芒草的山坡,更不用说在谷间羊肠小径上奔驰了;我们也知道,如果它看到我们撇下它单独上山,它将有多难过!你瞧,此刻的灰狼山,那样安详宁静地躺卧在那儿,白茫茫一片的芒穗,映着夕阳,闪着金光,像个眯着眼睛晒太阳的白发老人。而山那一头的谷里,有翩翩飞舞的彩蝶,有各种各样的鸟儿在林间欢唱;水塘里,有贪吃的大肚鱼和鲶鱼,还有在水面上施展轻功的水蛇,和舞着芭蕾的红蜻蜓、黄蜻蜓,以及聒噪不休的青蛙。

有一阵子,凡事缺乏耐性的我,居然迷上了需要极大耐性的钓鱼,总是天还没有大亮便起床,趁着家人都还在熟睡的时候,带着早点、蚯蚓罐子和钓竿,直奔山窝里的水塘。这个时候,陪伴我的就只有阿狼。它就懂得女主人在等着鱼儿上钩的当儿,不得随便发出声音。它总是伸长四肢,趴在一旁,拖着舌头静静地眯着眼睛,那副模样,简直就像个入定的老僧。听到鱼儿上钩,挣扎着出水的动静,它这才睁开眼睛,歪歪头,摇摇尾巴,好似在说:"不错嘛,您这是第几条了?"

农家那一头的野地，是孩子们最乐意逗留的地方。那儿有窑厂废置不常用的拖泥铁轨和一两部台车。孩子们一到了这里，便蜂拥着抢上车去，由我们这些大人在后面推着跑。孩子们亢奋的尖叫和大人的吆喝，交织成串串欢乐的音符，跳跃在原野上，阿狼似也感染到了这个气氛，发疯似的围着台车，像挑战的印第安人那样一面嗥叫，一面来回奔跑，这是它最快乐的时刻了。

而欢乐的日子易逝，对于阿狼来说，这些都已成为过眼烟云，永不会再来了。而我们也只有无可奈何看着它一点一点离我们而去。想到即将失去这么一位心爱的伙伴，我们就心如刀割，我们算是领略到生者何堪的况味了。

在我们搬到此地以前，记得有个星期天下午，我们同着几个从军营回来度假的朋友们，带着阿狼到附近的小学校去溜达。我们围坐在草地上聊天，孩子们则在校园里荡秋千、坐跷跷板和溜滑梯。出于一时好玩，我提议也让阿狼溜溜看。大伙儿于是把不情不愿的阿狼弄上梯顶，强迫着把它朝下推。阿狼一路滴着尿水，连跑带滑地冲了下去。也不知是太过刺激兴奋，还是出于“大难不死”的欣慰，一下滑梯，逮住四周的青草就猛啃一通。过了一会儿，我们再度试着把它朝梯磴上放，没想到它居然半主动地踩着梯磴爬上去。这回它有了经验，似乎懂得那么点窍门了，我们从它背后轻轻一推，它居然微弯四肢，像模像样地溜了下去。大伙儿拍拍手，夸它能干，它竟也笑着摇摇尾巴，只差没说声：“好说，好说，献丑了。”

玩了一阵，大伙儿转往假山那边，好一会儿才发现阿狼没跟来。我和孩子们回头去找，你猜怎么着？它老兄正在熟练地爬着梯磴，预备溜不知第几回的滑梯呢。正在啼笑皆非地数说它，隔着不远来了位老先生，啧啧称奇地对我们说："赫，这条大黄狗居然还会溜滑梯哪，真是个稀罕景儿。"

老先生的赞美并没有令我们高兴，他怎可以管阿狼叫大黄狗！我简直感到这对阿狼是个侮辱。在我们心目中，阿狼从来不是条狗，也不是所谓的宠物，它是我们共患难，共欢乐，相处了八年的伙伴，是我们最忠实的友人。阿狼不是一条大黄狗。

不仅我们一家人如此看法，在街坊邻居，尤其是小朋友们的心目中，阿狼也不只是一条狗。凭着它的聪慧、通灵、友善，以及对小朋友们的爱心，它已成为村子里的"名人"了。

不信，你试试看，外来的生客打听我们家住几巷几号，不一定探问得到，但只要说一声"阿狼妈妈家"，立刻就会有小朋友抢着领你到门口。

由于开饭时间常有"打游击"的不速之客的缘故，在友人当中，我们家素有"西贡"的戏称。阿狼见惯了人来人往，加上每逢有第一次来访的客人进门，我们必定连带地把它介绍一番，无形中养成了它友善好客的习惯。当我们介绍它的时候，它总是以适度的友善态度微摇着尾巴，走到客人面前嗅一嗅，然后坐下来等着同你握手。它把这种好客的秉性扩展到邻家，只要它在村口晒太阳，无论哪家人家来了客人，它也会高高兴兴地跟着到人家家里，而大多数的邻居也都不忘记向客人介绍说，这是某某家的阿狼。它不仅接送自家的客人，别人家的访客也照样送往迎来，我们索性送给它一个"礼宾司长"的头衔。

它甚至比一些人类要有人缘得多。斜对门有位薛妈妈，生性爱干净，一向不太喜欢淘气顽童，对狗猫等小动物更是敬而远之，却独独不讨厌阿狼，甚至对它称赞有加，说它是他们所见过的最干净、最解人意，而又最贵气的狗；一般的狗要不是摇头摆尾过分的谄媚讨好，就是凶神恶煞般龇牙咧嘴对着人家穷吼穷叫，少有像阿狼这样不亢不卑，雍容大方的。而阿狼也没有辜负他们的钟爱，村子从板桥迁到内湖之后，薛家编排到距我们有两百公尺远的村尾去了。阿狼还是每天一早一晚风雨无阻地到他们家去报到请安。

我不止一次地看见它嘴里叼着肉骨头从外头回来。阿狼是从不去翻弄垃圾堆的，看看那骨头，也不像是人家啃剩了丢给它的，正在奇怪到底是哪里弄来的。有天碰到薛妈妈，她忙着问我："你们家阿狼有没有衔肉骨头回家？哈，你不知道它有多精灵，每天一到我家，又是握手，又是打滚的，十八般武艺全使出来，我就晓得小子又骗吃骗喝来了，瞧它那副鬼精灵样儿，有什么办法？饼干罐子里没有现成的，就只好把锅里煮好了的捞出来给它。我叫它拿回家去吃，它倒真的叼了就往你们家那个方向走。"真想不到素来讨厌狗猫的薛妈妈，此刻说起阿狼，竟也像个一提自己孩子在学校的得意事儿就眉飞色舞的"学妈"了。

"我看你们家阿狼呀，就只差不会讲话，它真要比一些小孩儿还懂礼数哪。前两天我给它一块蛋糕，它八成是阴天不想吃东西，又不便拒绝，你猜怎么样？它居然衔到外面草地上偷偷地丢掉哩。"

真是喜欢起来，一个喷嚏都能够说成是一首交响乐。

而孩子们一样地喜欢它。它是这条巷子所有小朋友的开心果。有些上半天课的孩子，一放下书包就来找阿狼。位于凹字形巷底的我们家，开门便可以看到阿狼混在嬉闹成一片的小朋友当中追球什么的，假装生气地对着那些小淘气低吼。一些刚刚学会跑路的小不点儿，也无惧于这个庞然大物，拿它当马骑。女娃娃们采来山坡上的牵牛花，串成花环，挂到它脖子上，有的偷来妈妈的纱巾，扎朵绣球花，系到它头上，大家起哄着喊："阿狼好漂亮哦，阿狼好漂亮哦。"而它也就能够笑嘻嘻地摇着尾巴，保持头部的纹风不动，以免小女生们苦心装扮上去的花朵掉了下来。

阿狼不仅人缘好，狗缘也挺不错的。在我们这个村子里，它已是元老级的领袖，村子里差不多的狗都尊它为王，很乐意地跟在它后头跑。常看到它在太阳地里逗弄邻居的小狗玩儿，一副含饴弄孙的样子，它是不屑于做欺负弱小那种低品质勾当的。

有段日子，阿狼常跟我上菜场，认识了卖烧饼家的小胖。小胖是只白色半长毛的小小狗，是店老板那个半椿大的拖油瓶儿子所饲养的，却成了他母亲心爱的宠物。小胖不知为什么，和阿狼格外投缘，每天上午十点多钟，烧饼铺收了摊子，老板娘就带着小胖到屋外的广场上来找阿狼。每当听到"阿狼哎——阿狼哎——"声声呼唤，就晓得又到了阿狼老哥"陪太子读书"的时间啦。阿狼呢？即使睡得再熟，一听到这个熟悉的呼唤，立刻霍地爬起来，脱兔一般地飞奔出去。对它来说，这是上午的运动时间，也是点心时间，因为老板娘总不忘记给它带来五毛钱一个的甜烧饼。

有一阵子也不知什么缘故，烧饼店不再卖甜烧饼，而专做一块钱一个的肉馅烧饼，老板娘到底还是有些心疼，阿狼的点心取消了。但它还是每天跟着到菜场去报到，每天照样高高兴兴地陪小胖玩儿。

有天早上上菜场买菜，老板娘看到我，老远地跑过来，匆匆塞给我一大包热腾腾的烧饼："好久没给阿狼烧饼吃了，今天早上特别给它做了几个甜的。"阿狼赚来的烧饼一共十四个，它自己吃了四个以外，我们一家五口人，也带点心虚地分享了这顿意外得来的美食。

到了运动时间，老板娘特地向我解释："早上忙着做生意，没来得及告诉你，你家阿狼真的好聪明哦。我家老头子不是最烦狗猫么？他呀，什么都依我，就只一样，见不得我疼小胖，说什么畜生，怎么能够当人养。昨天为了这事，我顶了他一句，他倒拿小胖出气起来，拿着夹烧饼的火钳追打小胖，没想到发生了一件很有趣的事情。当时阿狼正在跟小胖玩，看到老头追打小胖，阿狼也不晓得脑子里打的什么念头，忽然从后面扑上去，把老头子的松紧带睡裤拉下了一半，差点没露出屁股来，把我们都给笑死了。你瞧，它还懂得保护小胖哪。"

类似的经验我们也有过。有年夏天我们常到村邻的大桥底下去玩水，我们泡在水里的时候，阿狼就待在河滩上挖沙子，趴在沙坑里凉快。

有一回，大家都上岸准备走了，只剩下我一个人还赖在水里。岸上来了一个挑着水桶的农夫，想是预备挑水去浇菜吧。阿狼看到那农夫朝水边接近过来，立刻一个箭步抢先跳进水里，拦在前面，对着他发出示警的低吼。

在这件事发生以前，我们从不敢奢望有朝一日，我们遇到什么意外的时候，它能够像迪斯奈影片里的狗儿那样地表演一番"灵犬救主"之类的壮举，我们甚至开玩笑地说过："瞧它那副对谁都滥友善的样子，只怕小偷上门来，它都要对人家表示欢迎呢。"

这么一个爱好和平的“犬士”，生平只跟人家打过一次架。那是邻村一只十岁大的巨无霸“哈啰”。块头之大，简直就跟一头小公牛一般。它个子大，脾气也大，谁要是走进它的势力范围，它就会凭着那副绝对优势的身架，狠狠地把人家修理一通。

阿狼在毫无防备的情况之下，一下就被那头巨无霸以泰山压顶的气势，按在身子底下猛咬。阿狼虽然一开始就居于劣势，还是英勇地抵抗了一阵，才被双方的主人拉开。从那以后，每逢经过邻村，它是宁愿绕上一大段路，也不愿意经过哈啰的门前了，一副“我惹不起，总躲得起吧”的豁达样子。可不是么？人类的战争不也有所谓的“迂回战术”么？中国人是最懂得迂回战术的原理的。就拿对大自然的态度来说吧，中国人尊重大自然，与大自然相亲，从不像西洋人那样，动不动就硬碰硬地高喊征服大自然。同样，我不认为阿狼绕远路，避免招惹哈啰，是出于懦怯，实在是因为它懂得尊重对方的努力范围，懂得避免硬碰硬的正面冲突。阿狼确实是很具我们民族特性的。

中国人爱讲中庸之道，《圣经》上也常提到合乎中道，所谓“过与不及皆罪也”。一个人待人处事难在分寸的拿捏，在这一点，阿狼是有它自己的一套的。

那几年，诗人洛夫夫妇住在距我们村头不远的影剧五村，也是上菜场必经之地。有时买好菜，不免在他们家小作逗留，聊聊天，闲散一下。洛夫夫人为我调制冰冻柠檬汁，阿狼也常捞到饼干、鸡骨头之类的零食。有时候阿狼在外面泡妞儿，过了门禁时间，怕我们数说它，不敢回家，索性到洛夫家去喊门，在他们家沙发上(当然是等他们全家人都上楼就寝以后，才偷偷爬上去)借宿一宵。我很奇怪左邻右舍平时都蛮喜欢它,它怎么不就近喊任何一家的门,而独独跑去距离较远的诗人家求援。它是凭着什么判断哪一家同我们的交情够到足以留它过夜的呢?

八年的时光,数不尽的前尘往事。想到阿狼第一天来到我们家,仿佛还是昨日。

在那以前,由于有过养死了一头小狼犬的惨痛经验,我们已有许久不敢养狗了。那天,上菜场买菜,看到一个卖菜的妇人,面前一只菜篮里,是看似刚刚满月不久的一窝小小狗。在那窝有黄有灰的小东西当中,有只黄里透灰,显得特别茁壮,也特别活泼可爱。别人是懵懵懂懂地吱吱叫闹,它却以一副胸有成竹的样子东看看,西看看,好似在估量自己置身的新环境。我是一眼就喜欢上了它,正在天人交战的踌躇着要不要买下叫价二十五块钱的这只小公狗,旁边有个太太伸手要来捉它,我一急,脱口就说:“这只是我要的。”就这样,阿狼成了我们家的一员。

我们原先已经有一只虎斑大黄猫“黄帝”,我们担心新小狗进门,夜里哭闹,吵着了邻居,试着把阿狼抱进黄帝的窝里,看看这只猫大哥肯不肯带它。没想到这只老光棍黄猫竟然把它当宝,又是抱,又是舔的,也不知有多心疼的样子。第二天早上,我们带阿狼到广场上溜达的时候,黄帝也婆婆妈妈地跟在后头,一会儿见不到阿狼的影子,就急得“喵——喵——”叫着到处找,简直就是个管事管得过了头的保姆。

这一犬一猫吃在一起、睡在一起、玩在一起。先是猫大哥把狗小弟当玩不坏的玩具玩儿,慢慢的,阿狼的半长毛由灰黄蜕变成灿亮的黄褐,下垂的耳朵,以及脖头四周的长毛部分,更是如同编织好又拆掉了的毛线那样的蜷曲有致。等到阿狼的个子赶过了黄帝，我们一声令下“把黄帝带回家”，阿狼就能够一口叼起猫大哥的脖子，往家里拖。

冬天到了，阿狼不再在它专用的那把破沙发垫子里藏骨头、藏硬式网球了，因为在它把沙发当床铺睡觉的时候，那些东西会杠着它。而黄帝可有福了，阿狼毛茸茸的厚实的背，是它现成的温柔窝，只要黄帝舒展身体趴在阿狼背上睡大觉，这位狗老弟是欠都不敢欠一下身体的。我们取笑黄帝，这真叫“养儿防老”了。

如今黄帝已不知所终，阿狼也垂垂老矣。那身原本柔软而光滑如丝的皮毛，变得干黄而枯涩，失去了往日的光泽。重甸甸的身体，在我的臂弯里一天比一天地减轻，看着它窝在芒花摆荡的草丛里，似乎一阵秋风，便足以令它羽化登仙。它不时虚弱地抬起头，对着灰狼山的方向嗅嗅。阿狼是在寻找么？找什么？黄帝？小胖？在它的有生之年曾经疼爱过它的那些人类朋友？逝去的那串梦一般的日子？或者只是单纯地嗅嗅？只是巴望秋风能够送来灰狼山的草香，和水塘边青苔的那一抹清新——哪怕是嗅一嗅也好。

我忽然福至心灵地想到了动物园的标本。我们为什么不能委托专家，在阿狼百年之后，为我们剥制它的标本呢？哪怕要花上一笔钱。如能制成标本，那么，阿狼就可以同我们长相左右了。然而，几经思虑，我们还是打消了制作标本的念头，因为经历这一段日子之后，阿狼已不是昔日的阿狼，看了面目全非的标本，反而徒增难过，还是让它美好地活在我们的记忆里吧。

不再进食后的第七天，阿狼终于瞑目长眠了。

它走后的第二天，便下起了大雨，废弃的荒田又变成一片水塘了。我们忍不住称奇，阿狼真是死得其时，能够预示圆寂日子的高僧也不过如此。

我们将它裹上缎子被面，铺以野花，加上赞美诗，郑重地葬在可以望见吾家的灰狼山上。

阿狼只是一只出身寒微的平凡的杂种狗，然而，因着它留给我们的样式——温柔、谦卑、和平、智慧、贵气、坚忍和忠心，我们在自己的心目中为它树立了一座碑，上面写着："哲犬其萎"。

（1980 年 6 月）

“小趋”记情

◎杨绛

我们菜园班的那位诗人从砖窑里抱回一头小黄狗。诗人姓区。偶有人把姓氏的“区”读如“趣”,阿香就为小狗命名“小趋”。诗人的报复很妙:他不为小狗命名“小香”,却要它和阿香排行,叫它“阿趋”。可是“小趋”叫来比“阿趋”顺口,就叫开了。好在菜园以外的人,并不知道“小趋”原是“小区”。

我们把剩余的破砖,靠窝棚南边给“小趋”搭了一个小窝,垫的是黍秸;这个窝又冷又硬。菜地里纵横都是水渠,小趋初来就掉入水渠。天气还暖的时候,我曾一足落水,湿鞋湿袜渥了一天,怪不好受的;瞧小趋滚了一身泥浆,冻得索索发抖,很可怜它。如果窝棚四周满地的黍秸是稻草,就可以抓一把为它抹拭一下。黍秸却太硬,不中用。我们只好把它赶到太阳里去晒。太阳只是“淡水太阳”,没有多大暖气,却带着凉飕飕的风。

小趋虽是河南穷乡僻壤的小狗,在它妈妈身边,总有点母奶可吃。我们却没东西喂它,只好从厨房里拿些白薯头头和零碎的干馒头泡软了喂。我们菜园班里有一位十分“正确”的老先生。他看见用白面馒头(虽然是零星残块)喂狗,疾言厉色把班长训了一顿:“瞧瞧老乡吃的是什么?你们拿白面喂狗!”我们人人抱愧,从此只敢把自己嘴边省下的白薯零块来喂小趋。其实，馒头也罢，白薯也罢，都不是狗的粮食。所以小趋又瘦又弱，老也长不大。

一次阿香满面忸怩，悄悄在我耳边说："告诉你一件事，"说完又怪不好意思地笑个不了，然后她告诉我："小趋——你知道吗？——在厕所里——偷——偷粪吃！！"

我忍不住笑了。我说："瞧你这副神气，我还以为是你在那里偷吃呢！"

阿香很担心："吃惯了，怎么办？脏死了！"

我说，村子里的狗，哪一只不吃屎！我女儿初下乡，同炕的小娃子拉了一大泡屎在炕席上，她急得忙用大量手纸去擦。大娘跑来嗔她糟踏了手纸——也糟踏了粪。大娘"呜——噜噜噜噜"一声喊，就跑来一只狗，上炕一阵了舔吃，把炕席连娃娃的屁股都舔得干干净净，不用洗，也不用擦。每天早晨，听到东邻西舍"呜——噜噜噜噜噜"呼狗的声音，就知道各家娃娃在喂狗呢。

我下了乡才知道为什么猪是不洁的动物，因为猪和狗有同嗜。不过猪不如狗有礼让，只顾贪嘴，全不识趣，会把蹲着的人撞倒。狗只远远坐在一旁等待；到了时候，才摇摇尾巴过去享受。我们住在村里，和村里的狗不仅成了相识，对它们还有养育之恩呢。

假如猪狗是不洁的动物，蔬菜是清洁的植物吗？蔬菜是吃了什么长大的？素食的先生们大概没有理会。

我告诉阿香，我们对"屡诫不改"和"本性难移"的人有两句老话。一是："你能改啊，狗也不吃屎了。"一是："你简直是狗对粪缸发誓！"小趋不是洋狗，没吃过西洋制造的罐头狗食。它也不如其他各连养的狗，据说他们厨房里的剩食可以喂狗，所以他们的狗养得膘肥毛润。我们厨房的剩食只许喂猪，因为猪是生产的一部分。小趋偷食，只不过是解决自己的活命问题罢了。

默存每到我们的菜园来，总拿些带毛的硬肉皮或带筋的骨头来喂小趋。小趋一见他就蹦跳欢迎。一次，默存带来两个臭蛋——不知谁扔掉的。他对着小趋"啪"一扔，小趋连吃带舔，蛋壳也一屑不剩。我独自一人看园的时候，小趋总和我一同等候默存。它远远看见默存从砖窑北面跑来，就迎上前去，跳呀、蹦呀、叫呀、拼命摇尾巴呀，还不足以表达它的欢欣，特又饶上个打滚儿；打完一滚，又起来摇尾蹦跳，然后又就地打个滚儿。默存大概一辈子也没受到这么热烈的欢迎。他简直无法向前迈步，得我喊着小趋让开路，我们三个才一同来到菜地。

我有一位同事常对我讲他的宝贝孙子。据说他那个三岁的孙子迎接爷爷回家，欢呼跳跃之余，竟倒地打了个滚儿。他讲完笑个不了。我也觉得孩子可爱，只是不敢把他的孙子和小趋相比。但我常想：是狗有人性呢？还是人有狗样儿？或者小娃娃不论是人是狗，都有相似处？

小趋见了熟人就跟随不舍。我们的连搬往"中心点"之前，我和阿香每次回连吃饭，小趋就要跟。那时候它还只是一只娃娃狗，相当于学步的孩子，走路滚呀滚的动人怜爱。我们怕它走累了，不让它跟，总把它塞进狗窝，用砖堵上。一次晚上我们回连，已经走到半路，忽发现小趋偷偷儿跟在后面，原来它已破窝而出。那天是雨后，路上很不好走。我们呵骂，它也不理。它滚呀滚地直跟到我们厨房兼食堂的席棚里。人家都爱而怜之，各从口边省下东西来喂它。小趋饱吃了一餐，跟着菜园班长回菜地。那是它第一次出远门。

我独守菜园的时候，起初是到默存那里去吃饭。狗窝关不住小趋，我得把它锁在窝棚里。一次我已经走过砖窑，回头忽见小趋偷偷儿远远地跟着我呢。它显然是从窝棚的黍秸墙里钻了出来。我呵止它，它就站住不动。可是我刚到默存的宿舍，它跟脚也来了；一见默存，快活得大蹦大跳。同屋的人都喜爱娃娃狗，争把自己的饭食喂它。小趋又饱餐了一顿。

小趋先不过是欢迎默存到菜园来，以后就跟随不舍，但它只跟到溪边就回来。有一次默存走到老远，发现小趋还跟在后面。他怕走累了小狗，捉住它送回菜园，叫我紧紧按住，自己赶忙逃跑。谁知那天他领了邮件回去，小趋已在他宿舍门外等候，跳跃着呜呜欢迎。它迎到了默存，又回菜园来陪我。

我们全连迁往“中心点”以后，小趋还靠我们班长从食堂拿回的一点剩食过日子，很不方便。所以过了一段时候，小趋也搬到“中心点”上去了。它近着厨房，总有些剩余的东西可吃；不过它就和旧菜地失去了联系。我每天回宿舍晚，也不知它的窝在哪里。连里有许多人爱狗；但也有人以为狗只是资产阶级夫人小姐的玩物。所以我待小趋向来只是淡淡的，从不爱抚它。小趋不知怎么早就找到了我住的房间。我晚上回屋，旁人常告诉我：“你们的小趋来找过你几遍了。”我感它相念，无以为报，常攒些骨头之类的东西喂它，表示点儿意思。以后我每天早上到菜园去，它就想跟。我喝住它，一次甚至拣起泥块掷它，它才站住了，只远远望着我。有一天下小雨，我独坐在窝棚内，忽听得“呜”一声，小趋跳进门来，高兴得摇着尾巴叫了几声，才傍着我趴下。它找到了由“中心点”到菜园的路！

我到默存处吃饭，一餐饭再加路上来回，至少要半小时。我怕菜园没人看守，经常在“威虎山”坡下某连食堂买饭。那儿离菜园只六七分钟的路。小趋来做客，我得招待它吃饭。平时我吃半份饭和菜，那天我买了正常的一份，和小趋分吃。食堂到菜园的路虽不远，一路的风很冷。两手捧住饭碗也挡不了寒，饭菜总吹得冰凉，得细嚼缓吞，用嘴里的暖气来加温。小趋哪里等得及我吃完了再喂它呢，不停地只顾蹦跳着讨吃。我得把饭碗一手高高擎起，舀一匙饭和菜倒在自己嘴里，再舀一匙倒在纸上，用另一手送与小趋；不然它就不客气要来舔我的碗匙了。我们这样分享了晚餐，然后我洗净碗匙，收拾了东西，带着小趋回“中心点”。

可是小趋不能保护我，反得我去保护它。因为短短两三个月内，它已由娃娃狗变成小姑娘狗。“威虎山”上堆藏着木材等东西，养一头猛狗名“老虎”；还有一头灰狗也不弱。它们对小趋都有爱慕之意。小趋还小，本能地怕它们。它每次来菜园陪我，归途就需我呵护，喝退那两只大狗。我们得沿河走好一段路。我走在高高的堤岸上，小趋乖觉地沿河在坡上走，可以藏身。过了桥走到河对岸，小趋才得安宁。

幸亏我认识那两条大狗——我蓄意结识了它们。有一次我晚饭吃得太慢了，锁上窝棚，天色已完全昏黑。我刚走上西边的大道，忽听得“呜——wǔ wǔ wǔ wǔ……”，只见面前一对发亮的眼睛，接着看见一只大黑狗，拱着腰，仰脸狰狞地对着我。它就是“老虎”，学部干校最猛的狗。我住在老乡家的时候，晚上回村，有时迷失了惯走的路，脚下偶一趑趄，村里的狗立即汪汪乱叫，四方窜来，就得站住脚，学着老乡的声调喝一声“狗！”——据说村里的狗没有各别的名字——它们会慢慢退去。“老虎”不叫一声直蹿前来，确也吓了我一跳。但我出于习惯，站定了喝一声“老虎！”它居然没扑上来，只“wǔ wǔ wǔ wǔ……”低吼着在我脚边嗅个不了，然后才慢慢退走。以后我买饭碰到“老虎”，总叫它一声，给点儿东西吃。灰狗我忘了它的名字，它和“老虎”是同伙。我见了它们总招呼，并牢记着从小听到的教导：对狗不能矮了气势。我大约没让它们看透我多么软弱可欺。

我们迁居“中心点”之后，每晚轮流巡夜。各连方式不同。我们连里一夜分四班，每班二小时。第一班是十点到十二点，末一班是早上四点到六点。这两班都是照顾老弱的，因为迟睡或早起，比打断了睡眠半夜起床好受些。各班都二人同巡，只第一班单独一人，据说这段时间比较安全，偷窃最频繁是在凌晨三四点左右。单独一人巡夜，大家不甚踊跃。我愿意晚睡，贪图这一班，也没人和我争。我披上又长又大的公家皮大衣，带个手电，十点熄灯以后，在宿舍四周巡行。巡行的范围很广，从北边的大道绕到干校放映电影的广场，沿着新菜园和猪圈再绕回来。熄灯十多分钟以后，四周就寂无人声。一个人在黑地里打转，时间过得很慢很慢。可是我有时不止一人，小趋常会“呜呜”两声，蹿到我脚边来陪我巡行几周。

小趋陪我巡夜，每使我记起清华“三反”时每晚接我回家的小猫“花花儿”。我本来是个胆小鬼，不问有鬼无鬼，反正就是怕鬼。晚上别说黑地里，便是灯光雪亮的地方，忽然间也会胆怯，不敢从东屋走到西屋。可是“三反”中整个人彻底变了，忽然不再怕什么鬼。系里每晚开会到十一二点，我独自一人从清华的西北角走回东南角的宿舍。路上有几处我向来特别害怕，白天一人走过，或黄昏时分有人做伴，心上都寒凛凛地。

"三反"时我一点不怕了。那时候默存借调在城里工作,阿圆在城里上学,住宿在校,家里的女佣早已入睡,只花花儿每晚在半路上的树丛里等着我回去。它也像小趋那样轻轻地"呜"一声,就蹿到我脚边,两只前脚在我脚踝上轻轻一抱——假如我还胆怯,准给它吓坏——然后往前蹿一丈路,又回来迎我,又往前蹿,直到回家,才坐在门口仰头看我掏钥匙开门。小趋比花花儿驯服,只紧紧地跟在脚边。它陪伴着我,我却在想花花儿和花花儿引起的旧事。自从搬家走失了这只猫,我们再不肯养猫了。如果记取佛家"不三宿桑下"之戒,也就不该为一只公家的小狗留情。可是小趋好像认定了我做主人——也许只是我抛不下它。

一次,我们连里有人骑自行车到新蔡。小趋跟着车,直跑到新蔡。那位同志是爱狗的,特地买了一碗面请小趋吃;然后把它装在车兜里带回家。可是小趋累坏了,躺下奄奄一息,也不动,也不叫,大家以为它要死了。我从菜园回来,有人对我说:"你们的小趋死了,你去看看它呀。"我跟他跑去,才叫了一声小趋,它认得声音,立即跳起来,汪汪地叫,连连摇尾巴。大家放心说:"好了！好了！小趋活了!"小趋不知道居然有那么多人关心它的死活。

过年厨房里买了一只狗,烹狗肉吃,因为比猪肉便宜。有的老乡爱狗,舍不得卖给人吃。有的肯卖,却不忍心打死它。也有的肯亲自打死了卖。我们厨房买的是打死了的。据北方人说,煮狗肉要用硬柴火,煮个半烂,蘸葱泥吃——不知是否鲁智深吃的那种？我们厨房里依阿香的主张,用浓油赤酱,多加葱姜红烧。那天我回连吃晚饭,特买了一份红烧狗肉尝尝,也请别人尝尝。肉很嫩,也不太瘦,和猪的精肉差不多。据大家说，小趋不肯吃狗肉，生的熟的都不吃。据区诗人说，小趋衔了狗肉，在泥地上扒了个坑，把那块肉埋了。我不信诗人的话，一再盘问，他一口咬定亲见小趋叼了狗肉去埋了。可是我仍然相信那是诗人的创造。

忽然消息传来，干校要大搬家了。领导说，各连养的狗一律不准带走。我们搬家前已有一队解放军驻在“中心点”上。阿香和我带着小趋去介绍给他们，说我们不能带走，求他们照应。解放军战士说：“放心，我们会养活它；我们很多人爱小牲口。”阿香和我告诉他，小狗名“小趋”，还特意叫了几声“小趋”，让解放军知道该怎么称呼。

我们搬家那天，乱哄哄地，谁也没看见小趋，大概它找伴儿游玩去了。我们搬到明港后，有人到“中心点”去料理些未了的事，回来转述那边人的话：“你们的小狗不肯吃食，来回来回的跑，又跑又叫，满处寻找。”小趋找我吗？找默存吗？找我们连里所有关心它的人吗？我们有些人懊悔没学别连的样，干脆违反纪律，带了狗到明港。可是带到明港的狗，终究都赶走了。

默存和我想起小趋，常说：“小趋不知怎样了？”

默存说：“也许已经给人吃掉，早变成一堆大粪了。”

我说：“给人吃了也罢。也许变成一只老母狗，拣些粪吃过日子，还要养活一窝又一窝的小狗……”

（1981年）

恩犬

◎新凤霞

经过“文化大革命”的人，谁都能回忆起一九六八年的干校生活。我那个干校是北京郊区大兴县天堂河劳改农场所在地，一大片小土房是劳改犯人盖的。坐大卡车到达干校，接着行李车也到了。我是“审查对象”，被指定干力气活的。我在多年劳动改造中，上下车练得很熟，双手拉住车帮，一只脚蹬上车轱轳爬上卡车，一个个行李卷向车下扔，最后跳下车来。我总是先把大家的行李摆在外面，让大家各自取走，最后我才去扛自己的行李。一进屋大家把铺盖卷都摆开占她自己的铺位，队长睡在最背风最安静靠近墙边、身边还有墙格子的地方。剩下对门迎着风口的是留给我的，这个床位是被改造对象的位置，因为除我以外满屋子都是“革命同志”。

在这屋里，我受到的精神压力很难忍受。早起晚睡，由我扫地、擦桌子、搞卫生；冬天负责炉子，夏天打苍蝇、灭蚊子；暖壶要永远保持灌满，要随时注意哪位洗头、擦身都得有水。特别是那位队长威风凛凛，最不管不顾了，大洗大溺，暖壶空了，她就大喊：“新凤霞！暖壶水空了，你没长眼睛啊！”我一声不响，提起暖壶去一里地外打水。不是提一个，要提四个，一手提两个。有时我回来晚了一点儿，她就冲着我大发脾气，说我有意慢慢磨蹭耽误她用水。

夏天最难受的是苍蝇、蚊子，杀不尽，打不绝；冬天屋子不暖炉火不旺，都要责问我。可我呢，劈柴、砸煤、团煤球，手裂开血口子，一个挨一个，也得不到说一个好。

干校生活是半天劳动，半天闹革命。所谓“闹革命”就是搞运动，搞运动就是想方设法批斗整人。开始时“走资派”也是运动对象，不久这些人一个个给恢复工作了，挨整的对象就是我这号人了。说真的，能整出什么来？还不是装腔作势，造谣生事，欺侮好人！还有一样，从不见领导干部参加劳动，当领导的都会想出种种借口逃避劳动。有时领导坐着小汽车从北京来了，参观，看看，吃完饭回去了。大家说：平时说在北京领导运动，偶尔来一趟都是过年过节改善伙食嘴上流油的日子。来这么一两回，也算是下乡、进过干校和大伙同吃同住同劳动了，有“五七”干校的毕业资本了。

干校生活艰苦，吃是大事，大家最关心的是每天吃什么，有一天说是吃骨头汤，大家很高兴，让我去帮厨。我刚到厨房，就看见食堂卜师傅抡起擀面棍正在狠命打狗，名叫老黄的那只大黄狗被打得怪叫。我跑过去一问，原来是老黄闯了祸。卜师傅对我说：“该死的老黄！你看刚炖好的一大盆骨头汤全让它给整翻了，怎么开饭哪？”小董师傅也生气地说：“真可恨！它从来不偷嘴，今天是怎么啦！”我看老黄被打得趴在地下不住地呼呼喘大气，就扶它坐起来，让它头对着我：“老黄，你偷嘴了，这可不好。要记住，不许再偷吃了……”它顺从地张开嘴，吐着舌头，像听懂我的话了。啊！忽然发现，它爪子下面按着一只大老鼠！再看翻盆的地方，还有被咬死的小老鼠。我马上推想出来了，对卜师傅说：“人家老黄可不是偷吃呀，是在捉老鼠，为了咱们办好事呐……”卜师傅和小董都恍然大悟："嗯！是……前几天老黄也抓住一个老鼠来着。这不是吗！小老鼠是一窝的……"我蹲下身去抚摸老黄："你受委屈了。"它伸出舌头舐我的胳膊，我用脸贴贴它。从那天起，老黄跟我熟悉了，我们成了好朋友。

人总是要有朋友的。我的朋友是谁呢？成了批斗对象谁也不敢接近我了。虽然实际上，司机同志，食堂的大师傅们，在一起多年同台演戏的老伙伴们都是同情我的，他们不敢接近我，却都了解我。但是另外有两个朋友是不管这套的，一个是食堂养的一头肥猪黑子，一个就是这条狗老黄了。我是一天三顿饭要把大家吃剩倒在铁桶里的汤汤水水倒在猪食槽里，跟黑子说句话："胖黑子你好好吃吧……"别看它是猪，哼哼着也通点人性，知道我跟它好，它看见我就过来用嘴要拱拱我。我轰它："去……"它就转着笨重的身子回圈里边去了。

老黄可灵透了，吃剩的骨头肉皮等等我都为它留着。时常是屋里开运动批判准备会，不许我参加，我就拿着小马扎离得远远地坐着。白天能装作写交代看看马列、毛选，晚上借很暗的路灯就干挨蚊子咬，要不住手地扇蚊子，还咬得满身包。老黄这时是我惟一的伴儿，它看我一边抓痒一边扇扇子，蹲坐在我身边两只眼睛盯着我，用爪子为我轻轻在腿上抓两下。它还用头蹭我。我把手伸向它，它吐出舌头舐我，也能为我解点痒。天冷了，它贴近我身子为我取暖，我为它天天多买一个窝窝头，给它泡点汤汤水水的吃，还专为它准备了一个罐头盒。老黄很懂事，它知道因为它常常进屋里蹲坐在我的床铺前头陪着我，我挨过多次批斗，说我有资产阶级恶习：养狗、爱猫……老黄就自动不进屋，只在门前等我了。但它仍是陪着我，我去打水它跟着我，我早起扫院子它守着我，我在食堂排队买饭它远远地望着我，我出来进去在屋里干活它端端正正地坐在对门石头台阶上看我。它很安静，一动不动，只不敢跟我进屋，真是聪明极了。

天堂河附近有一个围场，说是清代皇帝打猎的场地。一片好大的空场啊！很多树木，还有一条人造小河，最醒目的是一个很讲究的小亭子，可以让人们休息休息，我们去稻田劳动上工必经过这里。我们去田里劳动要步行来回二十里路，没有人敢和我结伴同走。很多女同志让骑自行车的带着走，可是谁能带我呢？我自己一个人步行，走一条小路，这小路必经过围场。只要我出了小街，就会看见老黄吐着舌头趴在小亭子廊边上等着我了。它看见我就跳下来扑向我，我真感激它呀！抱着它亲热地对它说："你来送我了！咱们一道走吧。"它就跟在我身边一道走。我平时被分配干活的时候，常常看不见它，可是一到下工了，它就出现了。我蹲下摸摸它说："你来接我了？咱们走吧。"老黄又颠颠地跟我向回走。下工时一辆一辆自行车飞似地过去，车上带着人，可我得步行到天黑了才走回来，全靠老黄陪着我，保护我，使我不孤单，不害怕。有一次我看水，沿着渠埂来回走，它也不停地跟着我转，从这个田埂跳到那个田埂上，我有点累了，就坐在一条较高的田埂上，它也偎坐在我怀里休息，我为它抓痒。忽然它挣脱开我跑走了，原来我们那个可恨的队长在远远的田埂上走着，老黄急着跑过去对着她脚"汪汪汪"叫了几声，吓得她大叫起来撒开腿就跑了。老黄溜溜达达不慌不忙地走回来，眼睛还远远望着她，摇晃着尾巴又偎坐在我的身边。

在田里干活中午饭后休息个把小时，大家争着在很小的田头几棵树阴下睡觉。我只能走得远远的，在一个积肥的粪堆边，摊开塑料布躺会儿。这里有一棵树，所以也有一片阴凉。因为粪堆臭味大，谁也不来，我图这个清静。陪我卧在旁边的又是老黄，我准时醒了，它也起来了。

在干校搞运动，挨批斗，我就只给个耳朵听着。有些人大喊大叫像演戏一样激动，我平心静气地休息，不这样又该怎么办呢？干农活可是我的本职，我都样样认真地干。种水稻从育秧到拔草、施肥、看水、收割的全过程我都干得很好。冷天带着冰碴子下水田干活，真是要有点狠劲呀！男同志都喝酒下水，我是女人，又不会喝酒，可一点也不比他们干得少。插秧的株距、行距，我都练得很准确；我抓一把草闭着眼练株距，下苦功，练得都合标准。不然那个狠心的队长一定会找我的麻烦说："新凤霞有意破坏！"我不练行吗？管水是最紧张的活儿。没有水的田是用铁锹把水引过去，把一块块地都灌满了。开了口子的地方要用土挡住。得沿着地来回走着看着。有一次看了整整一下午，腿累得又酸又疼，忽然听见哗哗水响……不对！是哪里开了口子？得快去堵住。我找啊找啊，找到了。水流得太猛了，口子越开越大，用铁锹堵不住，我双腿跪下也堵不住，弄得我浑身是水，真是狼狈呀！天慢慢黑下来了，眼看口子越来越大，怎么办呐？这样一大片水田只有我一人管水，真是又急又怕。这时候过来一人，不紧不慢向我走来，是队长。她连问都不问，说："新凤霞！都下工了，你怎么不回去？"说完转身走了。我连要求她帮助都不敢开口。我知道她就是见我快死了，也不会帮我的。我在水里泡着，着急水流不止，老黄突然在田边出现了，它也来回地乱跑，摇头摆尾，抡得我满头满脸是泥水。我说："老黄啊！天阴了，要下暴雨了，别在这里跟我受罪了，快回去吧……"老黄果然默默地转头走了，它边走边回头，是留恋着水田边的我吧？我感到一阵孤单，后悔叫它走了。我连爬带抓土，水仍是一个劲儿地流，真急死人哪！啊！老黄一边叫着，一边急冲冲地跑回来啦，后边还有一个扛着铁锹的人。谢天谢地呀！他是北京人民艺术剧院的演员邱扬，他也算是个有问题的人物，也被分配在“人艺”的地片上管水。他看见我在地里拼命堵水着急的样子，说：“我来了！凤霞，我来了！”我像看见救命星一样大声叫：“邱扬大哥，快……快来帮我一把吧！快来。”邱扬一边帮我堵水，一边说：“我刚要下工，你们食堂的黄狗跑来了，它缠着我，用爪子抓我的腿，瞧，咬破了我的裤子，轰不开它。围着我转，不放我走。我就跟着它到这儿来了……原来它是来报信的。老黄是义犬啊！”邱扬到底力气大多了，用铁锹铲土，我也站起来铲土，总算堵住了水。一阵风把天也刮晴了，我已经累得连站都站不住了。邱扬回他们的队，我回了我们的队。老黄陪我一同进了村子。它一个劲地摇尾巴，别提多高兴了。

真想不到迎接我的是批斗会。队长说：“阶级斗争的新动向，新凤霞破坏稻田，开了口子豁地放水……罪上加罪。”队长得了理啦，察看稻田，亲眼看见“阶级敌人”在破坏，逼我交代，叫我回答。我累得站不住，听不进，连恨都没有力气了。大伙批斗我完了，各自去玩，我连一口饭还没有吃呐。好心的卜师傅给我留了一份饭，我把窝窝头搓碎了泡上开水就咸菜条和老黄一起吃了一顿饭。最难受的是身上的湿衣服、鞋、袜没有地方去洗换。屋里“革命同志”说笑玩扑克，我不能进去。还好，大月亮地一片光明，我只能端一盘凉水去厕所。农村的厕所臭气熏天，脏得没法形容。我在粪坑边上洗洗，换上衣服。洗换好了，我端起盆出了厕所拐角。在厕所里一直憋着气不敢呼吸,出了厕所可出口长气了,谁知一阵头痛恶心,“哇”的一口吐了出来,随着我摔了下去,脸擦在墙角,蹭破了一层皮。靠墙站着休息一会儿,心里想着幸亏摔在厕所外头,要是摔在里边肯定要掉进粪坑,那才更倒霉呢!猪圈在食堂旁边,我每次吃饭都在猪圈边上,老黄也跟着我。我给猪槽倒吃的,黑子就过来。老黄也很快凑过来用头蹭蹭黑子,黑子也用嘴拱拱老黄。它们也知道,我们三个是好朋友。这时候是我一天三次最开心的时刻。赵丽蓉是我舞台上长期合作的老伙伴,也是在干校能偷偷讲话的女友。她开玩笑说:“我跟你交朋友也够沾光的。看看你的朋友狗哇、猪哇的,我算个什么?”我说:“你不是好吃吗?就算个馋猫吧!”老黄总是在我最孤单的时候出现在我身边,为我解愁救难。我的这个队长,她处处为难我,我丈夫在河北静海干校,给我来信,我去信都没有自由。一次卜师傅告诉我说:“你爱人给你的信在袁队长手里,她没给你?”已经隔离了几年啦,我听说丈夫来了信是多么高兴啊!可是她是队长,又这么刁,我也不敢跟她要啊。我正在犯愁呐,老黄冲着我叫,用嘴蹭我的腿。是叫我跟它走吧?我站起来了,它在前头走,还老是回头看我,把我引到食堂,在食堂买饭的窗台上扔着祖光给我的信。我明白了,队长拿着我的信买饭时丢在这里了。我拿着亲人的来信高兴得不知说什么好,又是老黄雪里送炭,帮了我大忙。

一次我发高烧,队长冷冷地说:“躺躺就好了……”一个被斗的对象,病倒了也不会有人理睬的。忽然食堂卜师傅送来一碗滚烫的鸡蛋面,我问卜师傅怎么知道我生病哪?卜师傅说:“我坐铺上,老黄对着我抓铺上的单子。我摸摸它,它还是不走。小董进来说:‘新凤霞发高烧,不能下田干活了。’我又去问大夫，才知道你应当吃病号饭。我给你做了一碗面，这鸡蛋是我自费买的，快吃吧……”“我看见队长走了，进来看看你。是老黄对我摇尾巴，我看见它就知道你准在屋，你病了……”说这话的是赵丽蓉，她也是胆小怕事，因为丈夫是有“问题”的人。我真感激老黄，它不会说话，却有一颗善良的心，可我们那个会说人话的队长连一点人心也没有！我拍着床铺让老黄上来，它一下子就上来吐出舌头舐我发热的手，和我亲热。我心里真酸呀，真酸呀，真感激老黄呀，跟着眼泪就流下来了。

在这段日子里，种水稻的全过程，我样样都干得好，谁也挑不出什么毛病，没有因为劳动批斗过我。可是因为老黄我时常挨批挨斗。比如干校宣布禁令：不许从家里带吃的。而队长却带吃的来，她藏在铺底下，老黄给她弄翻了，被群众看见，队长当然又恨起我来了，因为老黄是我招来的。

干校生活要结束了，要举行一次会餐，肥猪黑子要被杀掉，我心里很不好受，到底一天三次和黑子打交道，有了感情啊！我去问卜师傅：“别杀黑子，给卖了吧！”卜师傅说：“猪是世间一道菜，早晚躲不过挨一刀。干校这一批结束了，下一批不知是哪个单位来。你别说傻话了，咱养的猪咱们吃。”这么善良的黑子要被杀死了，太惨了！更想不到的是发生了一个奇怪现象：肥猪黑子忽然不吃不喝了，靠在猪圈墙角低着头不声不响，一动也不动。它闹情绪了，它有预感了，它在绝食抗议了。我为这事难受了几天。果然在一个黑乎乎的早晨，卜师傅请来一位农民杀猪能手，就听见黑子一声震心的尖叫。我不敢出门，扒开门缝瞧：那位老乡抓住猪后腿，猪失去平衡立刻倒下了。人们七手八脚把肥猪捆上，穿上一根大木杠子，抬到大石板桌上，杀猪人拿起刀……我不忍看了，闭上眼，只听“吱！吱！吱……”惊天动地大叫呀！大盆的血水，肥猪黑子做了刀下菜了。红烧肉、米粉肉、骨头汤等等，大家吃得好开心呀！我路过猪圈，空空的，想着黑子，一口也吃不下去，不知怎么从心里要呕吐。卜师傅说：“谁让你扒着门缝看的？要不怎么天不亮杀猪哪，就为了让人看不着！”

干校要撤销了，食堂天天吃好的改善生活。卜师傅对我说：“老黄今天又立了功，抓来一只黄鼠狼。扒了皮配好作料，还放了一块牛肉，做了一碗香喷喷的红烧黄鼠狼肉，一点也不腥不臭。”可是我也一口没吃。

老黄立了功，显得很高兴。更是一步也不离开我了，我走到哪儿它跟到哪儿。我有意逗它玩儿，故意甩掉它，走进卜师傅屋门，不让它进去，把门关上，我从后窗跳出去，谁知道我刚刚落地，却看见老黄又蹲在窗外等着我了……又发生了奇怪的事情：长期跟我亲热陪我度过患难的老黄不愿意理我了，也不愿吃食了。好一阵看不见它了，我到处找它。啊！它也像肥猪黑子那样躲在猪圈墙角一动不动。这是怎么回事呀？生病了？我叫它，它缩成一团不出来，我跳进猪圈蹲在它身边看看。唉！它在流泪了，我也流了泪……它趴着不动，也不吐舌头舐我了，更不会跳起来扑我了。我摸摸它说：“老黄，你怎么了？病了？生我气了？你在想肥猪黑子吧……”老黄没有一点反应，我心里真难受！它也绝食了，好几天不吃不喝，衰弱得连站都站不起来了，卧在墙角，低着头，两只耳朵也耷拉下来了。我端着半碗饭去喂它，对它说：“老黄，你吃吧。”它拼出全力用鼻子闻闻又趴下了。老黄为什么变成这个样子？我非常难过，回到屋里躺在铺上半宿睡不着觉……清早起来，我头一件事就是去看老黄，迎面就看见卜师傅，他告诉我说："昨天夜里把老黄给杀了。杀狗本来是先打懵了再杀，可是老黄已经饿得半死了，没有受一棍苦就杀了。今天炖狗肉。"我当时就忍不住哭了！老黄通人性，它知道自己要被杀了，它和黑子一样，也是在绝食抗议啊！我不敢叫人看见我哭，卜师傅理解我，让我在他们大师傅屋里痛痛快快哭了一场。我永生永世也不能忘记老黄在我最苦难的时候给我的温暖，给我精神上的支持！我从此以后再也不吃狗肉。我从小就演过《义犬救主》、《黑狗告状》这样的戏，我现在才知道，才相信，狗是真有感情的。

这个给人无限烦恼和不幸的"五七"干校结束了，我被分配回北京参加无限期的深挖防空洞战备组。我对一九六八年的干校生活满怀怨愤，可是我一直没有忘记憨厚的肥猪黑子和有深情厚谊的义犬。老黄对我来说，它是我的恩犬。比那些专门整人的也叫"人"的东西高贵多了。

黑龙龙

◎林锡嘉

我们总是说，不可以貌取人，但是在我们的生活中，却时时都在以貌取人。喜欢漂亮，厌恶丑陋。

我们家养的小狗黑龙龙，就差点在我以貌取狗的心理下被送走。

黑龙龙原先抱来的时候，只是一个月大的小狗，它有一身黑亮的卷毛。朋友说，它是一种叫贵宾狗的小狗。孩子们非常喜欢它，每天上学前抱抱它；放学回到家，书包还没来得及放好，第一件事就是逗逗它玩。

黑龙龙于是成为孩子们生活的中心。而我的心里也觉得舒坦多了，当初养狗的目的似乎已经达到。

抱养黑龙龙，是因为家中四个小女孩，从小怕狗，每一次看到狗，不管大小，孩子们总是惊怕地躲避，有些狗看来并无凶意，但孩子们仍然惧怕地躲避着。为了想消除孩子们对狗的恐惧心理，于是找妻商量。

“我们来养只狗吧，让孩子多和狗接触，训练训练胆子。”我对妻说。

现在看孩子和黑龙龙相处得这么愉快，没有一点恐惧感，有时还伸出小手给它咬着玩，孩子与小狗玩成一团，笑声不绝。

“龙龙，坐下。”读国小一年级的老幺对狗下命令。小狗根本不理会，一跳就绕到老幺身后咬住她的裙子。看着黑龙龙一身又亮又长的卷毛，活泼可爱的跳跃，没多久我和妻也忍不住参加了孩子们的行列，常和龙龙戏耍。

黑龙龙在孩子们过分的照顾下，长得又快又壮。

一个夏日的午后，我们给黑龙龙洗澡，竟发现它那身黑亮的卷毛开始在变色，灰褐色从头部慢慢往身体部分蔓延下去，像寒冬山野那片干枯的林树，灰褐一片，令人有萧瑟之感。连邻居们都戏称它是世界上最丑的狗。也从此，我就很少再有兴致去参加孩子们戏耍的行列了。见它一身邋遢，似乎连它的叫吠声也变得难听了。只有孩子们仍然喜欢它，每天依旧和龙龙玩得很高兴。她们并不因为黑龙龙的卷毛已不再黑亮而讨厌它；有时看到它弄脏的卷毛，卷结成一片片硬块，她们还很有耐心地替它梳理。

去年冬天，龙龙忽然病了，两眼呆痴无神，整天趴在笼子里，不吃也不动，嘴角吐出黄黄的黏液。孩子们抚摸它时，尾巴只微微颤动一下，眼睛无神地空望着。

“我看龙龙病得不轻，把它送走算了，送得远远的。”自从龙龙那身黑亮的卷毛变成灰褐色以后，显得又脏又乱，我心里已存有这种念头，于是我把心里的话告诉妻。没想到妻却是第一个反对的。

“这么冷的天气，它又生病，这样给它送走，一定会给冷死的。”妻说。

次日，见孩子们跟着妻，把龙龙装在笼子里，用脚踏车载着往街上走去。老幺还不停的抚摸着龙龙的头说：“龙龙，带你去给医生看，你的病要赶快好起来噢，不然爸爸说要把你送到很远很远的地方去。龙龙乖,你很快就会好起来的。”妻拉着脚踏车,孩子紧跟在车旁,忧伤的脸,眼睛不停地看着趴在笼子里一动也不动的龙龙。

三天,孩子们在焦虑中度过,而龙龙也在孩子们细心照顾下痊愈了。见孩子们欣喜的样子,心中要送走龙龙的念头已开始有了些转变。看孩子们给它洗过澡之后,那灰褐的卷毛好像也柔亮了许多。

邻居太太告诉妻说,狗有一种天生的本领,生病的时候,它会自己跑到山上野外寻找草药吃。现在龙龙病刚好,妻希望它能早日恢复健壮,于是每天黄昏时候,都解开链条,让它自由跑跑,也希望它真的会跑到屋后山上觅食草药。

冷冬细雨的黄昏,当妻解开龙龙颈上的链条时,它一溜烟地就往山上跑去。等大家准备吃饭的时候,却发现龙龙还没有回来。孩子们焦急万分,饭也没吃,就拉着我和妻四处寻找。老幺最难过了。她哭丧着脸站在山下对着山上喊:“龙龙——龙龙——”夜晚的山林,深黑一片,它好像一张巨大的怪兽的口吞噬了龙龙。在寂寞的夜暗里,听不到一点龙龙的叫声,只听见孩子们不停地喊着:“龙龙——龙龙——”声声深入山中去,没有一点回响。

第二天清晨天刚亮,孩子们却催赶着去找龙龙。

“龙龙——龙龙——”清晨青翠的山林荡漾着阵阵龙龙的喊叫声。忽然我们隐约听到一声微弱的呻吟声自山上传来,孩子们的脸上立刻显露出一丝焦急的笑意。

“龙龙——龙——”妻和孩子兴奋地猛向山上喊叫,山上真的又传来几声微弱的狗叫声。

“爸爸,龙龙在山上。”老幺的耳朵灵,一下子就听出来是龙龙的声音。

捡根粗树枝，劈劈打打地上山去，孩子们还一边不停地喊着龙龙。

果然，我们在一处树根蔓藤盘错如网的山腰处找到了龙龙，它的四只脚被蔓藤缠住，动弹不得。看到我们的到来，它用力地摇晃着尾巴，两眼直瞪我们看，是一分高兴，也有一分请求。

急忙地为龙龙解开脚上的蔓藤时，它回过头，用那微湿的舌头舔舔我的手。此刻，它好像要用这真挚的动作表示它的感激，任何人都无法拒绝小动物这种动人的示爱方式。望着高兴的孩子们那么爱怜地抱着龙龙下山，我似乎从她们背后看见一双动人的小手可爱地挥动着，我和妻于是跟了上去。

（1983 年 10 月）

一条老狗

◎季羡林

自己也不知道是什么原因，我总会不时想起一条老狗来。在过去七十年的漫长的时间内，不管我是在国内，还是在国外，不管我是在亚洲、在欧洲、在非洲，一闭眼睛，就会不时有一条老狗的影子在我眼前晃动，背景是在一个破破烂烂篱笆门前，后面是绿苇丛生的大坑，透过苇丛的疏隙处，闪亮出一片水光。

这究竟是怎么一回事呢？

无论用多么夸大的词句，也绝不能说这一条老狗是逗人喜爱的。它只不过是一条最普普通通的狗，毛色棕红，灰暗，上面沾满了碎草和泥土，在乡村群狗当中，无论如何也显不出一点特异之处，既不凶猛，又不魁梧。然而，就是这样一条不起眼儿的狗却揪住了我的心，一揪就是七十年。

因此，话必须从七十年前说起。当时我还是一个不谙世事的毛头小伙子，正在清华大学读西洋文学系二年级。能够进入清华园，是我平生最满意的事情，日子过得十分惬意。然而，好景不长。有一天，是在秋天，我忽然接到从济南家中打来的电报，只是四个字："母病速归。"我仿佛是劈头挨了一棒，脑筋昏迷了半天。我立即买好了车票，登上开往济南的火车。

我当时的处境是，我住在济南叔父家中，这里就是我的家，而我母亲却住在清平官庄的老家里。整整十四年前，我六岁的那一年，也就是一九一七年，我离开了故乡，也就是离开了母亲，到济南叔父处去上学。我上一辈共有十一位叔伯兄弟，而男孩却只有我一个。济南的叔父也只有一个女孩，于是，在表面上我就成了一个宝贝蛋。然而真正从心眼里爱我的只有母亲一人，别人不过是把我看成能够传宗接代的工具而已。这一层道理一个六岁的孩子是无法理解的。可是离开母亲的痛苦我却是理解得又深又透的。到了济南后第一夜，我生平第一次不在母亲怀抱里睡觉，而是孤身一个人躺在一张小床上，我无论如何也睡不着，我一直哭了半夜。这是怎么一回事呀！为什么把我弄到这里来了呢？“可怜小儿女，不解忆长安”。母亲当时的心情，我还不会去猜想。现在追忆起来，她一定会是肝肠寸断，痛哭决不止半夜。现在，这已成了一个万古之谜，永远也不会解开了。

从此我就过上了寄人篱下的生活。我不能说，叔父和婶母不喜欢我，但是，我惟一被喜欢的资格就是，我是一个男孩。不是亲生的孩子同自己亲生的孩子感情必然有所不同，这是人之常情，用不着掩饰，更用不着美化。我在感情方面不是一个麻木的人，一些细枝末节，我体会极深。常言道，没娘的孩子最痛苦。我虽有娘，却似无娘，这痛苦我感受得极深。我是多么想念我故乡里的娘呀！然而，天地间除了母亲一个人外有谁真能了解我的心情我的痛苦呢？因此，我半夜醒来一个人偷偷地在被窝里吞声饮泣的情况就越来越多了。

在整整十四年中，我总共回过三次老家。第一次是在我上小学的时候，为了奔大奶奶之丧而回家的。大奶奶并不是我的亲奶奶，但是从小就对我疼爱异常。如今她离开了我们，我必须回家,这似乎是天经地义的事情。这一次我在家只住了几天,母亲异常高兴,自在意中。第二次回家是在我上中学的时候,原因是父亲卧病。叔父亲自请假回家,看自己共过患难的亲哥哥。这次在家住的时间也不长。我每天坐着牛车,带上一包点心,到离开我们村相当远的一个大地主兼中医的村里去请他,到我家来给父亲看病,看完再用牛车送他回去。路是土路,坑洼不平,牛车走在上面,颠颠簸簸,来回两趟,要用去差不多一整天的时间。至于医疗效果如何呢?那只有天晓得了。反正父亲的病没有好,也没有变坏。叔父和我的时间都是有限的,我们只好先回济南了。过了没有多久,父亲终于走了。一叔到济南来接我回家。这是我第三次回家,同第一次一样,专为奔丧。在家里埋葬了父亲,又住了几天。现在家里只剩下了母亲和二妹两个人。家里失掉了男主人,一个妇道人家怎样过那种只有半亩地的穷日子,母亲的心情怎样,我只有十一二岁,当时是难以理解的。但是,我仍然必须离开她到济南去继续上学。在这样万般无奈的情况下,但凡母亲还有不管是多么小的力量,她也决不会放我走的。可是,她连一丝一毫的力量也没有。她一字不识,一辈子连个名字都没有能够取上,做了一辈子"季赵氏"。到了今天,父亲一走,她怎样活下去呢?她能给我饭吃吗?不能的,决不能的。母亲心内的痛苦和忧愁,连我都感觉到了。最后她只能眼睁睁地看着自己最亲爱的孩子离开了自己,走了,走了。谁会知道,这是她最后一次看到自己的儿子呢?谁会知道,这也是我最后一次见到母亲呢?

回到济南以后,我由小学而初中,而初中而高中,由高中而到北京来上大学,在长达八年的过程中,我由一个混混沌沌的小孩子变成了一个青年人,知识增加了一些,对人生了解得也多了不少。对母亲当然仍然是不断想念的。但在暗中饮泣的次数少了,想的是一些切切实实的问题和办法。我梦想,再过两年,我大学一毕业,由于出身一个名牌大学,抢一只饭碗是不成问题的。到了那时候,自己手头有了钱,我将首先把母亲迎至济南。她才四十来岁,今后享福的日子多着哩。

可是我这一个奇妙如意的美梦竟被一张"母病速归"的电报打了个支离破碎。我现在坐在火车上,心惊肉跳,忐忑难安。哈姆莱特问的是 to be or not to be,我问的是母亲是病了,还是走了?我没有法子求签占卜,可我又偏想知道个究竟,我于是自己想出了一套占卜的办法。我闭上眼睛,如果一睁眼我能看到一根电线杆,那母亲就是病了;如果看不到,就是走了。当时火车速度极慢,从北京到济南要走十四五个小时。就在这样长的时间内,我闭眼又睁眼反复了不知多少次。有时能看到电线杆,则心中一喜。有时又看不到,心中则一惧。到头来也没能得出一个肯定的结果。我到了济南。

到了家中,我才知道,母亲不是病了,而是走了。这消息对我真如五雷轰顶,我昏迷了半晌,躺在床上哭了一天,水米不曾沾牙。悔恨像大毒蛇直刺入我的心窝。在长达八年的时间内,难道你就不能在任何一个暑假内抽出几天时间回家看一看母亲吗?二妹在前几年也从家乡来到了济南,家中只剩下母亲一个人,孤苦伶仃,形单影只,而且又缺吃少喝,她日子是怎么过的呀!你的良心和理智哪里去了?你连想都不想一下吗?你还能算得上是一个人吗?我痛悔自责,找不到一点能原谅自己的地方。我一度曾想到自杀,追随母亲于地下。但是,母亲还没有埋葬,不能立即实行。在极度痛苦中我胡乱诌了一幅挽联：

一别竟八载，多少次倚闾怅望，眼泪和血流，迢迢玉宇，高处寒否！

为母子一场，只留得面影迷离，入梦浑难辨，茫茫苍天，此恨曷极！

对仗谈不上，只不过想聊表我的心情而已。

叔父婶母看着苗头不对，怕真出现什么问题，派马家二舅陪我还乡奔丧。到了家里，母亲已经成殓，棺材就停放在屋子中间。只隔一层薄薄的棺材板，我竟不能再见母亲一面，我与她竟是人天悬隔矣。我此时如万箭钻心，痛苦难忍，想一头撞死在母亲棺材上，被别人死力拽住，昏迷了半天，才醒转过来。抬头看屋中的情况，真正是家徒四壁，除了几只破椅子和一只破箱子以外，什么都没有。在这样的环境中，母亲这八年的日子是怎样过的，不是一清二楚了吗？我又不禁悲从中来，痛哭了一场。

现在家中已经没了女主人，也就是说，没有了任何人。白天我到村内二大爷家里去吃饭，讨论母亲的安葬事宜。晚上则由二大爷亲自送我回家。那时村里不但没有电灯，连煤油灯也没有。家家都点豆油灯，用棉花条搓成灯捻，只不过是有点微弱的亮光而已。有人劝我，晚上就睡在二大爷家里，我执意不肯。让我再陪母亲住上几天吧。在茫茫百年中，我在母亲身边只住过六年多，现在仅仅剩下了几天，再不陪就真正抱恨终天了。于是，二大爷就亲自提一个小灯笼送我回家。此时，万籁俱寂，宇宙笼罩在一片黑暗中，只有天上的星星在眨眼，仿佛闪出一丝光芒。全村没有一点亮光，没有一点声音。

透过大坑里芦苇的疏隙闪出一点水光。走近破篱笆门时，门旁地上有一团黑东西，细看才知道是一条老狗，静静地卧在那里。狗们有没有思想，我说不准，但感情的确是有的。这一条老狗几天来大概是陷入困惑中，天天喂我的女主人怎么忽然不见了？它白天到村里什么地方偷一点东西吃，立即回到家里来，静静地卧在篱笆门旁。见了我这个小伙子，它似乎感到我也是这家的主人，同女主人有点什么关系，因此见到了我并不咬我，有时候还摇摇尾巴，表示亲昵。那一天晚上我看到的就是这一条老狗。

我孤身一个人走进屋内，屋中停放着母亲的棺材。我躺在里面一间屋子里的大土炕上，炕上到处是跳蚤，它们勇猛地向我发动进攻。我本来就毫无睡意，跳蚤的干扰更加使我难以入睡了。我此时孤身一人陪伴着一具棺材。我是不是害怕呢？不是，一点也不。虽然是可怕的棺材，但里面躺的人却是我的母亲。她永远爱她的儿子，是人，是鬼，都决不会改变的。

正在这时候，在黑暗中外面走进来一个人，听声音是对门的宁大叔。在母亲生前，他帮助母亲种地，干一些重活，我对他真是感激不尽。他一进屋就高声说："你娘叫你哩！"我大吃一惊：母亲怎么会叫我呢？原来宁大婶撞客了，撞着的正是我母亲。我赶快起身，走到宁家。在平时这种事情我是绝对不会相信的。此时我却是心慌意乱了。只听从宁大婶嘴里叫了一声："喜子呀！娘想你啊！"我虽然头脑清醒，然而却泪流满面。娘的声音，我八年没有听到了。这一次如果是从母亲嘴里说出来的，那有多好啊！然而却是从宁大婶嘴里，但是听上去确实像母亲当年的声音。我信呢，还是不信呢，你不信能行吗？我糊里糊涂地如醉似痴地走了回来。在篱笆门口，地上黑黢黢的一团,是那一条忠诚的老狗。

我又躺在炕上,无论如何也睡不着了,两只眼睛望着黑暗,仿佛能感到自己的眼睛在发亮。我想了很多很多,八年来从来没有想到的事,现在全想到了。父亲死了以后,济南的经济资助几乎完全断绝,母亲就靠那半亩地维持生活,她能吃得饱吗?她一定是天天夜里躺在我现在躺的这一个土炕上想她的儿子,然而儿子却音信全无。她不识字,我写信也无用。听说她曾对人说过:"如果我知道他一去不回头的话,我无论如何也不会放他走的!"这一点我为什么过去一点也没有想到过呢?古人说:"树欲静而风不止,子欲养而亲不待。"现在这两句话正应在我的身上,我亲自感受到了;然而晚了,晚了,逝去的时光不能再追回了!"长夜漫漫何时旦?"我盼天赶快亮。然而,我立刻又想到,我只是一次度过这样痛苦的漫漫长夜,母亲却度过了将近三千次。这是多么可怕的一段时间啊!在长夜中,全村没有一点灯光,没有一点声音,黑暗仿佛凝结成为固体,只有一个人还瞪大了眼睛在玄想,想的是自己的儿子。伴随她的寂寥的只有一个动物,就是篱笆门外静卧的那一条老狗。想到这里,我无论如何也不敢再想下去了;如果再想下去的话,我不知道会出现什么样的情况。

母亲的丧事处理完,又是我离开故乡的时候了。临离开那一座破房子时,我一眼就看到那一条老狗仍然忠诚地趴在篱笆门口。见了我,它似乎预感到我要离开了,它站了起来,走到我跟前,在我腿上擦来擦去,对着我尾巴直摇。我一下子泪流满面,我知道这是我们的永别,我俯下身,抱住了它的头,亲了一口。我很想把它抱回济南,但那是绝对办不到的。我只好一步三回首地离开了那里,眼泪向肚子里流。

到现在这一幕已经过去了七十年。我总是不时想到这一条老狗。女主人没了，少主人也离开了，它每天到村内找点东西吃，究竟能够找多久呢？我相信，它决不会离开那个篱笆门口的，它会永远趴在那里的，尽管脑袋里也会充满了疑问。它究竟趴了多久，我不知道，也许最终是饿死的。我相信，就是饿死，它也会死在那个破篱笆门口，后面是大坑里透过苇丛闪出来的水光。

我从来不信什么轮回转生；但是，我现在宁愿信上一次。我已经九十岁了，来日苦短了。等到我离开这个世界以后，我会在天上或者地下什么地方与母亲相会，趴在她脚下的仍然是这一条老狗。

（2001年5月2日写定）

忠实的小狗

◎杜宣

这已是六十多年前的故事了。

这年冬天大雪。大除夕的晚上，吃完年夜饭之后，照例是我们最高兴的时候。全家都梳洗得整整齐齐，穿上了新衣服。大门上贴上“封门大吉”的红纸，放了爆竹，这就是真的过年了。等到天蒙蒙亮的时候，大家忙着摆香案，将“封门大吉”的红纸撤去，换上“开门大吉”四个字。当大门一打开，外面大雪纷飞，一只似乎还未满月的小狗，蜷伏在大门坎下，全身冻得发抖。祖母一看，十分高兴。她说：“狗来富，这是好兆头。”我一听就把小狗抱了进来。这以后，这狗就成为我和妹妹们的宠物了。小狗长得十分快，天气一天天暖和了起来，它的胎毛脱换了，原来是只全身深黄色、背脊上一串黑色的雄狗。

我的两个妹妹上的翘秀小学，距家有一段路，还要过一座木桥。这只狗每天一早送她们上学，看到她们进了校门，就独自回家。它不爱在外面游荡，总是躺在大门内，尽着它看家的责任。

这正是蒋介石发动五次“围剿”的时候。我们这个小城市，大军云集。人们噤若寒蝉，无事均不出门。有一天，这狗忽然不见了。我们全家到处寻找，均无踪影。它已成为我们家的成员之一。它的失踪，使全家大小，为之抑抑者终日。夜深，全家均已入睡，忽然听见它的狂吠，我们急去开门，它向我们每人身上扑上来，并不住舔我们的脸，表现出劫后逃生的狂喜。我们再仔细一看，它脖子上拴了根皮带，还拖一根链条。

一年以后，我父亲调到另外一个地方工作。只有母亲一人留在家里办理一些未了事项，等暑假我回家后，一同前去。当暑假回家，帮母亲收拾行装，准备离家时，我要求母亲将狗带走，母亲也答应了。

这天一早，我们母子二人带了行李和一只狗，来到火车站，买了票，托运了行李。当我们进站检票时，检票员发现有只狗，不许带进。经一再交涉，检票员提出要买一张三等车票才许带进。母亲认为要拿几块银元，为狗买车票，她感到这简直是荒唐。正在僵持的时候，我看到站边栏杆有缺口，就立即将狗带到栏杆缺口处，向里面一指，要它从这里进去。它真聪明，立即钻进去，越过铁轨跳上月台，这时我正好随母亲进了月台。我们上了车厢，捡了位子坐下，叫它钻到座位下，它立即钻了下去，但尾巴还露在外面，我用脚踢了一下，它立刻将尾巴收了进去。这样在火车上一直待了四个半小时，它在座位下，一动也不动。到站下车时，我伸手下去拍了它一下，它立即爬出来，抖了一抖身子，和我们一道下车出站。这时我心想，今天这一关总算过去了，明天要乘一天长途汽车，困难就更大了。

有了火车上的经验，又去摸了一下情况，心里比较有数了。翌日一早四时，我就赶到汽车站，因六时开始排队买票，我必须排第一个，买到第一号、第二号两张票才行。因为我已打听好了哪一辆车了，如果在大家上车前我能将狗送到位子下，那就没问题了。

这真是一次艰苦的长途旅行，早上六时发车，下午将近六时到达，十二个小时的旅程，其间要下车过三次河，当时河上均未架桥，每次过河，均人车分开。还下车吃了一餐午饭。它已完全能了解我们的语言和它自己的处境，每次下车我均轻轻拍拍它，要它不要动，我们马上会回来。在长达十二个小时中，它伏在座位下，纹丝不动，也不吃喝，也无大小便。它的聪明和忍耐力，真使人惊讶。

这是个小县城，没有车辆好雇。只有雇人挑行李，我自己搀着母亲。母亲是小脚，走得较慢，但挑夫挑起行李，走得很快。这狗却主动跟着挑夫走。挑夫走近路，所以走的都是弯弯曲曲的小巷。每当挑夫挑着担子拐进巷子，看不见我们的时候，它就咬着挑夫的裤脚管不让他走，等到看见了我们才松下口来。就是这样走到我们目的地，当母亲付钱给挑夫时，他惊奇地说："你们这只狗怎么教得这么好？"我说："我们从来没有教过它。"

这以后我因湖海栖迟，浪迹四方。解放后，家里人告诉我这只狗已老死了。我们一家人从此都不吃狗肉。

（1994 年 3 月）

Lilly 发脾气

◎程乃珊

Lilly是一条我们养到十六岁的哈斯基,性格忠厚憨直,十分温和。但凡有客人按门铃,它便会在屋内咆哮,龇牙咧嘴,表情凶恶;可是一旦见我们与门外人和气交谈——包括邮递员、收管理费的保安,它也会立即摇尾以示友好;如果我们对来访者感觉有点生疏陌生,反复核问时,它就会在屋内向陌生人示威,为我们壮胆。其实,它又听不懂我们交谈的内容,只是凭语气,它就能辨得出我们是友好还是疑问,真是十分聪明。因此,Lilly在我家备受宠爱与关怀。二十年前在上海养宠物仍属于十分稀罕,Lilly难得在弄堂里散步,常会引起四周人围观,它好不得意。有时没人围观,它还会故意吼几声招人注意。只是因它身形高大怕吓着人,所以我们很少让它到弄堂去。好在家中有个院子,那是它闲庭散步的空间,因为它的"厕所"也在那里,故而院子里的树木长得特别茁壮。

在Lilly十岁的时候,我又抱了一只小狗Lucky回来。这是一只北京袖珍犬,棕白色,十分可爱。它的主人要移民离开上海,知道我和先生都是爱狗之人,托孤给我们养。我们先征询婆婆意见,她倒没意见,Lilly却有意见了。

我们抱着Lucky刚拐入弄堂口,Lilly已在家中发脾气——往院子里的阴暗角落里钻,千呼万唤方出来。叫它来招呼下小弟弟,它就是不睬它,气得直喘气。Lucky也精灵,十分明白自己是否可以成为这个新家的一员,完全取决于这位大家伙的首肯。小Lucky举起小爪子敬礼般抬起身子向它致意,Lilly还是不理它,之后干脆气呼呼地上楼去了。

就这样,Lilly整整一日水也不喝,饭也不吃,趴在黑乎乎的床底下或沙发上生闷气。

Lucky可是老实不客气,吃饱喝足后,自顾四处溜达熟悉环境。

晚上有客来敲门,门一开来不及打招呼,Lilly已"嗖"地一下从开着的门缝里蹿了出去。它给我们玩"出走"呀!我们急坏了,它连狗圈狗牌都没有挂,万一给人抓住,会被当作无证犬处理;我们还怕它出去咬人——虽然它脾气温顺,但也会发犟劲,今天心情不好,谁知会做出什么傻事。我们更担心的是,它就这样一去不复返了。

我和先生及友人手持电筒走出弄堂焦急地叫着:"Lilly,Lilly,爸爸妈妈还是宝贝你的,快点回来!"后来邻居说,我的叫声悲戚绝望如叫魂,在黑夜中听上去十分凄凉。

当时我们隔壁弄堂正在拆迁,晚上大片工地无人,只有几个民工在值班。

"你们阿是寻狗?喏,见它蹿进去,你去里厢找找。"

我们走进黑漆漆的工地,一面叫一面找,果然,在一堆烂木头里,我们发现Lilly蜷在里面直喘气。先生将它唤出来,抱在肩头上。几十斤重的狗伏在先生肩头看上去怪怪的,但为了安抚它劝它回家,只好像哄小孩那样任它"作"一"作"了。

谁知刚拐进弄堂,它又开始急喘气,也不叫也不闹。为了不刺激它,我们让Lilly呆在楼下客厅里,将它的"床"也搬下来，它还是不吃不喝。

Lucky 却已是十分喜爱这个新家，听到我们回来了，从楼上活泼地蹦下来迎接我们。这下可更伤了 Lilly 的心，它开始全身抽筋，整个身子拉成细“长”的一条，痛苦不堪的样子。吓得我们忙打电话请教熟悉的狗医生小梁，小梁不慌不忙地说：“将新来的小狗送掉，只有这帖药。”

当夜，先生守着 Lilly 在楼下沙发上胡乱过了一夜，我陪着 Lucky 在楼上辗转难眠——短短一个昼夜，我已给 Lilly 折腾得嘴角烧起两个水疱。只一日功夫，Lucky 已与我们建立良好的感情，但看来，它与我们还是没有缘分。

第二天，另外一位朋友将 Lucky 抱走了。门刚刚关上，Lilly 马上将一大碗拌好的隔夜饭吃个精光，胃口大开，一点不嫌饭食是隔夜的，然后开始在院子里活蹦乱跳追麻雀。与隔夜痛苦不堪、抽筋大喘气的样子判若两“狗”。

它不会是装病吧？它怎么如此轻易断定 Lucky 这一走就不会回来？Lilly 似是听得懂我们的话的，从此它又恢复“三千宠爱在一身”的自信。

Lilly 快活地活到十六岁。那晚是圣诞夜，因为客人川流不息，我们索性让后门开着，Lilly 就是这样离开它生活了十六年的家的，那一年它的眼睛已经瞎了。Lilly 的突然失踪令我们悲恸不止，有经验的老保姆说：“狗不会死在自己的家里。当它知生命将尽时，它自己会出走找个地方离开人世。”只是我们不知道它会去哪里，因为我们始终没有找到它的遗体。而我们家在静安寺市中心不在郊区，不过当时四周有许多大工地。

Lilly 陪伴了我们十六年，我们永远怀念它。

Lucky 的命运就不那么 Lucky 了，那位朋友没有为它办好狗证，结果在一次大搜查中，Lucky 给抓了进去！对 Lucky，我们始终心怀歉疚！

狗狗备忘录

◎周涛

一

曾对养狗者讥讽之。

见一退休官员牵狗遛行,讥之曰:“是它牵着你呢,还是你牵着它?”退休官员颇面红;见一同事怀抱雪白长毛西施犬而来,讽之曰:“瞧你全身都是狗毛!”同事略尴尬。

倒不是对狗有什么恶意,而是对一时养宠物之风有些反感,不养则都不养,一养就全国蔚然成风。早些时候都干吗去了?在各类名犬濒临灭绝那时候,犬命微贱,只如星星之火散落,那时候对狗们来说可能是“革命低潮时期”。谁也没料到,“星星之火”真成燎原之势,形势一变,开始朝着有利于狗们的方向急转直上!

现在这些年,狗市的繁荣兴旺已成为市场经济的组成部分。物以稀为贵那阵子,一只纯种名犬身价几万、十几万、几十万(还有更贵的,没有亲见不便列举),非大款大腕不敢问津。而且难免将身比犬,心生自卑——“咱虽然是人,但说什么也卖不出这么个大价钱!”

时兴的不是说“实现自己的人生价值”吗?首先在这儿和

人家犬这么一比，就显得自己便宜，没多少价值。大概也是出于嫉妒、愤懑等不健康心理，对人家养宠物的一部分先富起来的同志，就有了讥讽之言。

二

要从根儿上说，我对狗这种动物倒没什么偏见，尤其对那些品性忠勇、外貌朴实的大型犬，军犬啦，牧羊犬啦，猎犬啦，我都还心生敬意——人家靠干正事吃饭，虽然为人驱使，脸上却没什么媚态。但我瞧不起有些花里胡哨的宠物犬，什么“西施”呀，“贵妇”呀，还有一些把毛修剪得怪里怪气的、羊不像羊猴不像猴的“现代派犬”，看那份打扮，就叫人别扭。丢尽了狗的本色，整个儿一异化分子。

什么人养什么狗，什么藤结什么瓜，一点没错。人在决定养什么狗的时候(偶然收养的不算)，总是以自己的品位、性情、审美眼光去挑选的，可以说，是挑选更像自己的狗。人是在养一个非己的自己，生活在一起，沟通，解闷；狗呢，调动起全部的生存本能和聪明才智，适应你，讨好你，依赖你，本来是为了有骨头啃，渐渐成为习惯和本能，代代遗传，代代进化，以至成为人类的保镖、门将、战士、仆从和弄臣。

三

狗狗进入我的家庭时，也属于那种“爱你没商量”的情况。我外出两个多月期间，老伴从狗市上花了不到二百元买回来这么一只小狗，阴阳脸，半黑半白，京叭和日本种杂交，望之滑稽，有幽默感。当时只有三个月，绒绒团团，活泼可爱。初见甚喜，如老年得幼子，两掌可捧，如小猫小兔，憨顽可掬。不几日，缺点突现，屙屎撒尿，兼有掉毛，夜半叫嚣，惊扰邻人。大怒，“难道让我给狗当仆人吗？”命老伴扔掉。老伴怏怏不乐，护之如子，说，“又不用你动手，我来收拾还不行吗？”见其微愠，只好收我雷霆震怒。

十日后，大学同学王次松律师来访，狗狗见之甚欢，如遇故人。一问，才知王律师家中竟养有两只狗！交流了一番心得体会之后，王问：“你知不知道我现在什么时候是幸福时刻？”

“每天为我的两个狗儿子抓屎抓尿的时候，是我最开心幸福的时刻。我是心甘情愿，乐于为它们服务！”

惊异之余，回味良久。心想，人家王大律师的人生境界这一下就比我高出去不知多少，我怎么就没想到把这当乐子呢？是啊，花点钱买个精致的狗玩具比真的还像，不屙不尿，还干净，但那是死的，虽无烦恼，却绝无乐趣。但凡活物，总是要屙尿的，伟人和偶像一概难免，何况狗乎！但也正是这个会屙会尿的活生命给你带来生机、活力和乐趣，它会舔你，让你酥痒，围着你转，摇头摆尾。它的要求、欲望、习性，会渐渐被人理解，而你的要求、指令、好恶，甚至会被它揣摸得更深。

从那以后，我再没有动过赶走它的念头。半年多来，狗狗以它朴实、憨顽、滑稽可笑的性格征服了我，它成了我们家的笑星和活宝。

的确，它是一个天才。

四

狗狗是一只小母犬,身毛以白色为主,兼有黑、褐、红杂驳色纹理,体形滚圆肥胖,披毛如丝,团团如球。

狗狗这个名字是老伴起的,我听着觉其太简单化、庸俗化,于是给其延伸出一个俄罗斯妇女式的名字:安娜·芭芙洛夫列娃·狗得洛夫娜,简称“狗得洛夫娜”,再简称,又成了狗狗。

相处半月后,我又给它起了个外号,叫“疯婆子”。因为它太疯了,活泼好动之至,调皮任性,胆大好奇。叫狗狗或“狗得洛夫娜”,立即反应,知是叫它。

很快,狗狗很聪明地发现了我的弱点,并且准确迅速地找到了自己的位置,担负起一项别人不想替代的工作。

我耳背,而我们家的电话铃声微弱如丝,我经常听不到。开始,我发现狗狗总是从别的房间跑过来,紧张地瞪着我,我很奇怪。后来才知是有电话了,每提话筒必准。狗耳朵灵啊,它竟知道跑来提醒我,这小家伙,太有灵性了!于是表扬之,抚爱之,结果过头了,每逢电话铃响,必跳跃狂吠,咬你被角;你接上电话了,它还又叫又咬,影响对话。

偏偏这时候你不敢惩罚它,一惩罚,它以后不提醒你了怎么办?

狗狗的高明处还在于它能明辨,室内的真电话和电视机里广告、电视剧里的电话它分得明明白白,电视里的电话铃声再怎么响,它都无动于衷,从无一次上当。

五

我回家一个月后，狗狗彻底被接纳，正式成为“周室成员”。它的活动范围被控制在三厅，客厅、中厅、餐厅，下榻在中厅一个放有沙发垫的纸盒里。它也认这个“窝”，每晚必归其位，因其鼻短，酣睡时有鼾声。睡相可笑，常以两只小胖前腿护其鼻，如同玩累了的顽童，酣然大睡。忽有动静，猛然惊起，必怒吠之。你看这个小不点儿，常会觉得它自不量力，它不知道它是谁，有多厉害。其实它谁也打不过，可它偏偏就天生了一副强烈的“社会责任感”，好像我们一家人全靠它保卫，我们的生死存亡系于它一身似的。

它那么小，可它就是自以为老子天下第一，雄伟不可一世。谁敢来犯，怒不可遏，大有横刀立马惟我狗得洛夫娜之概。叫完了，余怒未息，喷一喷鼻子，出我胸中英雄气罢，没事了，摆动着胖屁股又回去睡觉了。

每逢此时，我必教训之，我说，“狗得洛夫娜！你以后少来这一套，你以为你是谁？你就是一婴儿。不是警卫人员，也不是彪彪武夫，你还是一女的，以后省着点吧，吵得楼上楼下都不得安宁！”

果然，第二天楼上的金主任就有反应了，他说：“狗狗昨天叫了，我想是不是要发生地震？因为狗对地震比人敏感。”

这下闹大了，可能害得金主任一宿没睡，想着怎么防震了。

六

有一次我正在洗澡，狗狗从门缝钻进来了。一时间，我和它都感到有些意外，有些惊异。

我第一个念头是：咦，你是女人，怎么可以随便跑进来看男人洗澡？继而才想到它是狗，而且尚未成年。不过……还是觉得难堪，连说"出去！出去！"我不知道它看到我洗澡的样子会留下什么印象。它虽然是狗，毕竟也是另一种生命的存在，它的眼睛仍具有某种审视权和判断权。

它看着我，目不转睛，略显奇怪。可能它看惯了我穿着各种服装的样子，乍见一大白光人，会产生一点纳闷：从小最崇拜的心中偶像，怎么一瞬间就变得光溜溜的、湿淋淋的了呢？嗅嗅气味，是他，没错儿；看看样子，有点疑惑。算了，就当还是他吧。

顺着门缝，狗狗又钻出去了。

我在家里着便服，狗狗习惯；有时我去办公楼穿了军装，狗狗会显出一些兴奋，它跳跃，而且扑叫。看来，军装对动物也会形成刺激，造成某种压迫感。

然后，就该轮到我们给它洗澡了。总的来说，它是顺从的，并不挣脱。它洗澡时的面部表情一如婴孩，不是十分情愿，却又不得不顺从。浸水之后，它突然变得小了好多，凄凉无助，逆来顺受，像个小可怜。有时一不注意，它会去喝澡盆里的水。

待到洗干净了，吹干了，嗬，狗狗毛色洁净，一团蓬松，漂亮极了！

它大概也自觉英俊无比，活蹦乱跳，趾高气扬，顾盼之间，俨然以为得了选美大赛的金牌！

七

略大之后，我经常或早或晚带狗狗出去遛弯散步，每逢此时，颇感惬意。没有狗狗，我便懒得活动，是它，调动了我，使我养成散步习惯。

每次遛它，看到我要穿衣穿鞋，狗狗马上领悟，兴奋不可自抑，快乐得忍不住咬你的脚，口中哼哼唧唧，仿佛念念有词。

我只要说“狗狗！走不走？”它就懂了，马上抬起头颈，注目观察，看你是不是骗它。一发现你有行动，就急不可耐了，它喜欢户外，喜欢自由。

开始怕失控，带着绳套，之后很久，解套自随左右。因它又小又胖，常常引起路人的喜爱；而狗狗也特别喜欢小孩，还喜欢衣着鲜丽的年轻女子。狗狗喜欢亲近人，从不咬人。

夏夜遛狗，是一妙境。月明星稀之下，凉风习习之中，物我两忘，人犬归一。人拍马屁，我拍狗屁。一路之间，我要对狗狗说许多表扬话、恭维话、赞美词，譬如“狗宝贝太聪明太听话了，什么都懂”啦，“我狗狗是个超级大美人儿，不碰！脏”啦，“狗得洛夫娜走得好，像一只大狮子”啦，等等赞词，一路倾诉，以保证狗狗在表扬声中飘飘然，以少先队员的标准严格要求自己。往往此时，它小屁股一扭一摆，装得像个三好学生，神情庄重，步态匀称。

但是好景不长，一遇到它感兴趣的玩意儿，一块骨头，一个饮料瓶子，一只空烟盒儿，这就完了，原形毕露，顽质顿现，非欲得之，赖着不走，你的命令，拒不执行。

还得哄呀，骗呀，威胁利诱呀，强制服从呀，总之，是《资治通鉴》里的那一套。看来，欲懂治人之术，先从治犬练起，人犬一理。

八

冬日遛犬，更为大妙。

尤以雪后之晨，初雪素洁，一片白茫茫、厚绒绒。狗狗四月出生，未尝见雪。初次领出，一愣，继而欢欣鼓舞，撒欢不已。

狗狗之喜雪也，发乎天性，专往雪深处跳，更喜无痕处行。翻腾跳跃，自作多情。忽躲闪，忽扑咬，忽戏要，忽翻滚，以其想象力之丰富，以其原动力之充沛，上演其祖先的原始生活场景，狩猎，捕杀，夺食，游戏……远远地站在雪地上看它澡雪自乐，不由人不怜爱。就如一个父亲在看着儿子调皮捣蛋，心中生出的，是对生命活力的无限赞美和神往。吾幼时亦如此，而今此趣安在哉？

兴尽，一声口哨，呼唤我儿归。狗狗闻之，自远处飞奔而来，像只兔子，向我跑来。它满脸沾雪，成了白胡子，腹毛凝冰，成了雪孩儿。

狗狗皮实，不娇气，性格活跃，任性无媚态，天性多，奴性少，这是特别让人喜爱的地方。我不喜欢太懂事的狗，中规中矩，克己从命。做人已经异化得足够了，再养一只比人还异化的犬，岂不互相更促进？

九

骨头，是狗最喜欢读的一本书，而且永远读不够。信然！

说人读书是"啃书本"，是一种仿生语言。从无肉处啃出滋味来，也是一种本事。大概是习惯，也是无奈。与其在无肉的骨头上不舍不弃、苦寻滋味，何不在生活中捕猎活物？像狮子猎豹那样奋力追杀斑马、羚羊，血淋淋大啖饱舌，岂不为大勇力、大收获？

喻之求知做学，似亦同理。

十

每逢星期六，是狗狗法定的节日。

这一天是我们兄弟四家同回老父母家团聚的日子，十几年来，少有例外。

到了时间，狗狗就急不可耐了，片刻难熬，归心似箭。到了楼前，总是它要第一个蹿进门去，举起两只短胖的老虎爪子，立起来搭在人膝盖上，热情洋溢，又舔又抓，逗得两位八十多岁的老人乐不可支，恍然以为实现了四世同堂。

狗狗之所以高兴，是因为今天可以和老三家的京叭豆豆相会，两只狗凑到一块，追逐打闹，平添乐趣。老父笑道："太有意思了，简直是不花钱白看戏！"

还有一个高兴处，是掌勺的老四总是忍不住给它们喂肉，到了吃饭时，全家人又都给它们喂吃的，一天下来，痛吃大饱，往往半夜撑得又吐。所以，狗狗爱吃酵母片，什么时候喂，都吃。

十一

狗狗不狐朋，有狗友。除老三家的豆豆外，对门老杨家的点点是经常交往的。老杨家的点点是只棕黄毛色的小型猎犬，行动敏捷，行为谨慎，遇陌生人，绝不让碰。

我们住对门，点点绝不进我家，而狗狗到老杨家往往不请自入，穿堂入室，毫不客气地吞吃人家点点的盘中餐。老杨家还有一只洁净柔顺的猫，养了多年，视若闺女；狗狗不管，进人家宅，追咬千金，毫无顾忌！

平时各归其家时，只要点点叫，狗狗必叫，声相应，气相投，似在声援。

十二

我在院中遛狗。一位处长见了，过来聊天，说：“别人养狗，是玩物丧志；你不一样，你养狗，那叫陶冶性情。”

我听了以后就笑了，“你小子真会说话，你干脆说我玩物丧志不好？只是，到了我这个年纪，还能有什么志呢？不养狗，也早已丧尽了。”

十三

看国家地理频道，最喜看各类野生动物。每每看过，总会感慨自然界的动物活得难啊——觅食固不易，生存更危险；万物相侵害，一环扣一环。

好不容易一口一口度食喂大的小鸟，让黄鼬一下就连窝端了，它窝里还有一群小崽子；刚出壳不久的小海鸥、小企鹅，硬让贼鹰从父母脚底下给叼走了；至于羚羊、角马之类食草动物，时刻都在食肉动物的窥视之中，不得安宁……危乎险矣，弱肉强食。野生动物的那点自由，需要何等的血的代价！

由此便想到狗狗及其同类，不能不佩服，聪明！以狗狗之肥胖、鲜嫩、笨拙，在野生环境下绝活不过三天，肯定被吃得连骨头也不剩 。可是现在，它比人吃得还好，睡得比人还放心。它的生存环境和野生动物一比，那它见的世面就大了！

狗是动物中最聪明的，它看起来是投靠了人，做了人类的奴才；其实，也可以反过来说是利用了人，揣摸透了人的弱点，让人心甘情愿地成了它的仆人。

人不是最虚荣，最有领袖欲吗？那好，它迎合你，服从你，忠诚于你，让你高高在上，满足你这点小爱好。

人不是最怕寂寞，最怕空虚吗？那好，它装憨卖傻，活力二八，跟随左右，陪伴终生，使你觉得最堪信赖的是犬不是人，所以有个亿万富婆临终把遗产给了爱犬而不给儿孙。

至于你舍不得吃肉而给它吃肉，你为它洗澡、治病、打针、梳毛、遛弯儿，它吃得香了你高兴，它屙不出屎来你憋劲儿……如此服务，渐成习惯，回头一想，咦，似乎还没对哪个人这么有耐性过！

这不是，你让狗耍了，明知道你也愿意。

而且，它绝不愁濒临灭绝。它的一个狗儿子明码标价，它还没生，就有一大群人等着买呢！它不愁计划生育，也不怕难产，有医生给它做剖腹产手术呢！

要说狗现在过得比人好，一点不过分。住高楼别墅，乘豪华轿车，真是钟鸣鼎食、锦衣玉佩，公子哥儿、淑女名媛。可是人弄得这些，得奋斗一辈子还不一定行，狗呢，一点劲儿不费，嘿嘿，坐享其成！

你说，是狗聪明还是人聪明？

十四

因为一系列偶然的巧合，狗狗在我家落户生根，洋洋得意，反认他乡是故乡，误将人类认爹娘地生活下来了，它没有半点陌生感和外人心理，也不曾有丝毫的客气和寄养心理。它理直气壮，以家为舍，领地意识鲜明，警觉反应强烈，它的全部行为和情感都明白无误地表明着这样一个意念："这儿是我家！那两人是我爸和我妈！"

有时候看着它那副自由自在的样子我就想笑，凭什么人和犬这两种来自完全不同祖先的物种就这么住进一个窝里来了呢？五千万年前它是麦芽兽，四千万年前它是黄昏犬，二千五百万年前它是新兽狼，一千二百万年前它是汤氏熊，三百余万年前它是进化为狼、狐、貉、豺的犬属动物。那时候我们是什么呢？原始人？类人猿还是什么？

不管怎么说，反正这两个不同起源的物种现在已共居一室，相处甚安。彼此相处的难度远远不及其同类，没有共同语言都比有共同语言的更容易互相理解和慰藉，这可真是奇迹。这种不可思议的生物共存现象，是犬的幸运和聪明，也是人的伟大和幸运。应该感谢神祇，赐我们以犬的忠诚和友谊。

关于这些，不养犬的人是无法明白的，他们无法理解。而所有的养犬者都不言自明,共同的经历使他们具备共识。说出来可能有些人不会相信,谁养的狗就多少有点像谁,气质、眼神、走路的姿势,确实神形俱似。我观察过好多狗和它的主人,有些像得令人忍不住要笑,太像了,比儿子像父母还甚!这说明,狗从小就学习并模仿主人,在密切的共同空间里备受主人影响。

十五

狗有灵性,也有秘密——一种人类尚未认识的特殊心理和禀赋。狗对不同人的不同态度和不同方式,显示了这一点,这是令人惊讶的神秘能力。

比如,我大弟弟很少到我家来,但是只要他进了门,狗狗便会发出异样的叫声,声音如泣如诉,撒娇打滚,又是依恋,又是委屈,大有忠臣终遇明主、商妇终盼郎归的深情。

其实,我大弟弟很少关心过它,倒是别的弟弟经常喂它、照料它,而我们这些侍候它的主儿,它从不曾如此深情对待。“周家老二,深得犬心”,对此我们心知肚明,毫不奇怪,因为他从小就是个爱养狗的。“文革”时期,他在宿舍里同时养了五条犬 。那时他是个初中生,十几岁,几十年来再不曾养犬,为什么狗狗一下就能嗅出他的本质和历史呢?相见恨晚,引为知已,懂犬的人和犬之间有一种默契,此间的认知是一个秘密,不足为外人道。

因此我们知道了自己是多么“业余”。狗也有“知已”,成为狗的“偶像”甚至远比成为一部分人的偶像更需要天赋,因为狗更挑剔。

狗对人的判断凭什么？直觉？天性？本能？反正它不容易上花言巧语的当。它的眼睛直视你的眼睛，一瞬间，忠奸、贤愚、善恶、真假，分辨无遗，它一眼看到你的骨头里去了。如果狗不喜欢你，再有多少人欣赏你也没用，肯定是个坏蛋无疑。

但是，狗没有人狡猾，狗也常常会上人的当。上过一次，不会再上。狗上过当之后的眼神和表情是沮丧的、痛苦的，尤其是主人欺骗了它，它忠诚守信的本性受到了戏弄和利用，它的赖以生存的原则受到了挑战，也可以说它的价值观遭到了轻视。它夹起尾巴，悄悄躲到一个角落里去，很久不听你招呼，不理你。偶尔转头回望你时的一瞥，是疑问，是痛苦，是伤心。受骗的狗那一种眼神，是直入人心的，是一切以平等心理对待狗的人所不堪承受的。

是啊，你会向它道歉，向它承认错误，求得它的原谅。你觉得作为人，可以在食物上亏欠它，但再也不能在道德上对不起它。人类之所以赢得狗的信任和信赖，其根源不仅仅是食物的保证，更在于近万年的驯化过程中，人类所表现出的理解、仁慈、智慧、关爱等伟大的品德和胸怀。

狗是人类最忠实的弟子和追随者，主人啊，便是它心目中的耶稣，狗这个门徒的信条是永不叛变。

十六

狗狗长大了。

从一个可爱的毛茸茸的两个月的活玩具，长成了一只天性自然、聪慧活泼的一岁雌犬。

它披毛如丝，尾巴翘立蓬松四散如喷泉，颈毛丰富，前腿饰毛颇有气派；头耳和眼睛是典型的日本种，身材却继承了京叭血统。它不是什么名犬，但我喜欢它；我喜欢它，它就是最好的犬。

第一个冬天，第一次见雪。

它是惊喜的，它对这世界同样充满了好奇。纵身跃入半尺深的厚雪，它跳跃，深陷雪中，再奋身跃起，毫不畏惧，乐在其中。腹毛结了冰凌，嘴脸上沾满了清晨的白雪，它像个小丑，但它充满乐趣。它是勇敢的，无知无畏，澡雪精神。整整一个冬天，它随着我每天早晨与冰雪同乐。

第一个春天，第一次参加狗会。

广场一侧休闲草坪，群犬荟萃，名流云集，它不卑不亢，宠辱不惊；既不妒忌，亦不低沉；它心态健康，总能找准自己的位置，玩得尽兴，每场必到。渐渐它熟悉了每只犬和其主人，大家也都了解它并喜欢上它。狗狗是有社会交往能力的，在处理犬际关系问题上，它似乎懂一点政治。偶尔有的狗咬它一两下，它既不逃窜示弱，也不恼怒还击，它不动，脸上表现出奇怪不解的样子。它善于化解矛盾，信心十足。

后来它发情了，一时，成为众多公犬追求的“美女”，众星捧月，独领风骚。但它仍然没有一点骄傲的样子，对众多公犬不拒不从，一如既往，颇有大家闺秀风范，也难免小家碧玉表现。狗狗就是狗狗，惹恼了也会反唇相咬，尖叫反击。

十七

五月七日是狗狗生命中的一个转折点，随之它的生活将会发生一系列的深刻变化，影响深远。

正是这天早上，狗狗从“少女”变成了“新娘”。没有敲锣打鼓放鞭炮，也没有迎亲车队和婚纱长裙，甚至连一顿便宴也没有，趁我不备之时风云未测之际，狗狗与一只黑背中型公犬交配了。待我发现，为时已晚，我本不拟狗狗怀崽生育，不料既成事实，不忍将两犬拆散，只好任其自便吧。

回来以后，对门的老杨送来两种避孕药，说没问题，吃了保险不会怀崽，他养的母犬点点去年配后吃了药，现在好好的。临走时，老杨开玩笑说：“民国奇耻，五月七日。”这么一说，加深了我对这一天的印象，是的，五月七日。这个日子在今后会不会随着时间的推进而逐渐凸现出来，成了一个让人提心吊胆的谜。不过我还是把两粒避孕药藏在肉里，看着它吞下去了。

半月后，狗狗呼吸道感染，小病使之慵懒，面容憔悴。

一月后，狗狗乳头渐大，乳突周围出现紫晕，疑为怀孕，医生诊断不清，结论含混。

一月又半后，一陌生打工妇人望之，主动进言：“你这只小狗怀崽了，快生了。”

又一日，询问广场林间一位有经验的养犬女同志，指示凿凿：五十八天到六十天，就生。准备好下崽的窝就行了，它自己什么都会，不用多管。它自己会咬开胞衣，咬断脐带，什么都会。

一些新的生命已经在狗狗的肚子里生长了，与日俱长，确定无疑。这些生命将是怎样的？几只？什么颜色？能否安然无恙降临？这些都成了悬念。这些悬念迅速地粉碎了原先不希望它怀崽的念头，变成了加倍的关爱、企盼和担心。看着狗狗鼓胀的大肚子，看它每日三步一停、五步一喘的艰难样子，怜悯和忧虑几乎化为祈祷:天啊,它太可怜了,让它顺利通过这一次难关吧!

它还那么小,才一岁零三个月。

十八

七月八日是个星期天,无论按推算还是据观察,小狗崽当在此日降生。

坐卧不宁啊,一会儿钻到沙发后面,一会儿又藏在桌子底下,无处可以安身立命,无时可以养神静气,生命中的生命,生死之门,危机存亡时刻。

不食不饮,只屙只尿。先要排尽粪便,不择地而遗;继而不停撒尿,完全失去以往规律。它的体型很小,不容有废物存留的空间;它要把所有的力气留在关键时刻,留给诞生的生死拼搏。

夜半时开始哀鸣,是呻吟,不是尖叫。阵痛开始了,临盆不远了。可怜的小狗眼神无助,无处求援,新的生命就这样不可避免地和痛苦紧密联系,谁也无法逃避,不管是狗还是人。

凌晨六时,我被老妻唤醒:“狗狗生了,两只。”惊起去看,狗狗蹲在事先为它准备好的纸箱里,身后蠕动着两只纯白的仔犬。它挡着仔犬,半张着嘴,不停地喘息着,看样子似乎并没有完。

这时刻,它披头散发,喘息未定,目光果决,异常的一副坚定神情!没有半点忧虑,没有丝毫哀伤,更无求助和乞怜,它一瞬间变得独撑危局,临机决断,审时度势,胜券在握,像一个临阵不乱的大将军!

七点多，又产下两只，不，三只！

我忍不住去敲老杨家的门，“狗狗生了五只！”老杨一贯稳重，这时也迫不及待地冲过来，他数了数，说道：“哪里是五只？明明六只嘛。狗狗真不简单，英雄母亲！”

我说：“授铁十字勋章一枚！”

两人大笑。

老杨说：“五月七日，民国奇耻。”

我说：“七月八日，我军大捷。”

谁知仍估计不足，老杨临走，狗狗又产一只，七只。

走后不久，我再看，竟又多出一只，八只。五白、两棕黑、一花。八号生了八只仔犬，简直是奇迹！

张立波主编的《实用养犬大全》一书中明明写着“小型犬产仔一到四只”嘛，它竟然突破了一倍。狗狗初战告捷，一举成名，实为天才，令人欣喜欲狂！

但是现在狗狗平静了，疲乏了，耗尽心力，变得又瘦又小。它侧卧着奶着八个仔犬，面容严肃平和。我轻轻抚摸着它的头顶，低语着俯身对它说：“狗娃娃，你真是个了不起的小母亲！”

十九

自从有了这八只仔犬，一天变得很漫长。时间把焦距对在了它们身上，我们反而成了陪衬。过去别说一天了，一个星期，一个月转瞬即逝，现在呢，在我写这篇备忘录的时候，才过了不到五天。

第一天的时候，八只仔犬是“八大金刚，无名鼠辈”。刚生下来的仔犬，大小恰似实验室里的小白鼠，只不过小白鼠尖头尖嘴，小狗崽儿圆头圆脑，显得肥壮一些。狗崽儿们像鸟鸣一样地轻声叫着，此起彼伏，声部各不相同。它们的嘴和趾爪嫩得发出肉红色，双目蒙蔽，蠕动爬行，朝着它们生存希望的制高点——母乳拼命爬攀，谁不能及早地吸吮足够的初乳，谁就会被淘汰。小狗一生下来，生存竞争就拉开了战幕。

这“八大金刚”连名字都没有，不是“无名鼠辈”是什么？何况生下来的次序也不准，顺序不好排列。只能分清五只纯白，两只棕黑，一只花的最似其母。五只白崽儿中，有三只公犬崽儿，其余皆是母犬。

生存竞争是互不相让的，第三天就已显出差别，两只棕黑色的小犬中有一只瘦弱了，渐渐不动，死了。其余的活泛，有两只白崽儿又肥又大，占有母乳量大，饱吃酣睡，一副富崽儿相。于是得名，一只叫“地主”，一只叫“大头”。

狗狗瘦得皮包骨头，毛色再无光泽，尾巴紊乱有污点，达到了它一岁多以来最不洁美雅观的顶点。但是偏偏在这时候，我们更爱它了，我们和它经历了同欢乐、共患难的一年多，再也离不开它了。

昨天，四楼的女军医到家里来，狗狗护仔，吠声震撼楼宇。军医说：“狗狗不许叫，再叫，做手术把你的声带拿掉！”女军医当然是开玩笑。

但是我对她说，我装作十分严肃认真地说：“实在要拿，把我的声带拿掉算了，别拿它的。”

二十

“在这个世界上，一个人的好友可能和他作对，变成敌人；

那些惯会在我们成功时屈膝奉承的人，很可能就是当失败的阴云笼罩在我们头上时，掷出第一块阴恶石块的人。”

“在这个自私的世界上，一个人惟一毫不自私的朋友，唯一不抛弃他的朋友，惟一不忘恩负义的朋友，就是他的犬。”

这是一八七〇年在美国密苏里州的沃伦斯堡，因一起闻名全美的“老鼓”事件引出的《犬的礼赞》中的名句。时间已过去了一百多年，人类对犬的礼赞不但未曾稍减，反而大幅度地上涨了，只有一个原因，人永远不会比犬更可靠。

社会越发展，“声色犬马”之徒就会越广泛，这是潮流，昔时贵族的专利，现在早已进入寻常百姓家。

今天，轻视地球上任何一种生命现象，都将是可鄙的、愚昧的、不文明的。

人类正在努力与各种生命平等地相处——这是划时代的进步，而且是人类理性精神的伟大的一步。

于是，我从纸箱里轻轻拿出一只纯白色的仔犬，双手捧着它，仿佛捧着一颗罕见的珠宝，一滴晶莹透亮的露珠，小心呵护，移近眼前——它是自在的、无知的、尚未睁眼看见世界的，但同时它也是单纯的、完美的、盲目信赖周围环境的。

一只仔犬，来到世间。

这时，我注意到，狗狗睁大了一双本来就很大的眼睛，半是信赖，半是警觉，它的眼睛始终紧跟着我这双捧着仔犬的手，看着它在半空中移动……

二十一

七只仔犬三天见长，五天见变，蠕动变为爬行，盲目渐为睁眼。十五天已经突破藩篱,从纸盒里翻越出来,一个月已经滚滚团团四处乱跑了。小犬确实非常可爱,洁净的毛色,明亮的眼睛,稚嫩的叫声——一切小生命都是可爱的、让人怜惜的,因为它们尚无力量独立生存,可爱就是一种让自身生存下去的特殊武器。它没本事防御任何打击,但它有本事让你喜欢它、舍不得它,凭着这个,小狗就可能获得更多的生存机遇。

在七只仔犬中,一黑一花显得格外醒目。黑的应似其父,花的最似其母。其余五只白犬,有了名号的是“地主”和“大头”,最小的一只白犬是公的,对门老杨给它起了名字“007”。每天眼花缭乱啊,它们到处爬,不断探索新领域,万一不小心踩着就完了。所以晚上必须开灯,不敢移步,这七只生命的“小地雷”,炸不断腿却可炸伤心。

一个念头:必须让它们都活下去。

要看看它们以后变成什么样——这是诱惑,也是动力,而且是一种自然而然形成的决心和信念。对,信念就应该是这样自然形成的,是自发的,还是带有原始动因的。外在条件若不能与发自内心的愿望结合,便只能形成规范而决形成不了信念。因此,抓屎擦尿,不厌其烦,轻移莲步,心甘情愿。

七只小犬嘤嘤呜啭,宛如最好听的合唱,七部和声。犬其鸣矣,求其母奶,长到半月大时,咂奶之声吧唧可闻,就像七个婴儿挤在母怀,一派盛况空前景象。

大约三个星期后,选一良辰吉日,用一个装葡萄的红塑筐装了,带出院里晒太阳、见世面。小狗们初次脚踏实地(原先都是离地五米的楼上),匍匐爬行,嗅闻大地和季节的气息,三分惊恐,七分好奇。明艳温暖的西部阳光里,掺着春夏之间微微带点清冽的熏风,抚摸着、梳理着七个新来的小生命。小狗们有一种敬畏的表情,对空间,对陌生的环境,对充满各种气味、声音信息的新领域,既有本能的向往,又有天生的恐惧。

在它们看来,这个小小的院子,可能是太大了,太复杂了。这大概也和我们人类一样,往往重寻童年生活的环境时,奇怪地感到和记忆中的印象一比,变小了。

单纯的生命正在面对复杂的世界,适应,学习,成长,壮大,最终有些生命比世界更强大,他改造并重新创造它。所谓“划时代的”,就是让客观世界重新诞生一次。

二十二

狗狗实在是太能吃了,一天要吃四顿,每顿能吃一整盘羊头肉。吃仿佛成了它的任务、它的使命,它变成了一架机器——产奶器。你几乎可以眼看着它是如何不停顿地把大量的羊头肉转化为乳液奶汁。必须承认,它是一架优良的产奶机,源源不断,固态液化,保证着七只仔犬贪婪地、昼夜不停地吮吸。七张嘴,后面有七个空间不小的肚子,需要它的奶去填满,这个任务相当艰巨。

狗狗的身体只有那么大,而日渐增长的七只小犬需求量与日俱增,有时候七只小犬一齐扑上去吃奶,几乎把狗狗埋起来了,它们合起来比它还大。这时,你甚至会觉得这不像是哺乳,而更像是一场劫掠或抢夺。小狗们一副“我才不管那么多呢”的样子,越来越像一群小土匪和小无赖,反正吃奶不犯法,天经地义。

狗狗却是任劳任怨的,拼命吃,尽量喂。它有时也躲着小狗,但是架不住一群都上来哄抢,当场按倒,哄抢一空。

母爱真是生物的伟大天性，纵使重复演绎了不知多少万年，具体到每一个，仍是感人。如此这般，一个月下来，对狗狗及其仔犬来说，已经是历尽沧桑。只需一个月，母子双方都发生了很大的变化：仔犬一个个长得健康肥壮，满地乱跑，除了吃奶，已可争食碎肉了。而狗狗已经瘦得骨架支棱，皮毛憔悴，黯然失色。昔日光彩不存，无力活泼好动，它把吃下去的肉连同自己身上的血肉一同奉献出去了。真可以说也是“绿肥红瘦”了。

狗得洛夫娜只用了三个月，经历了短暂的“爱情”、漫长的怀孕、成功的产仔和哺乳这样几个重要的阶段，一只狗应该经历的它都经历了。现在，它舔着小狗的毛，憔悴而自足、瘦弱却安详。是的，每一只小狗都是它生的，每一只小狗都肥壮、滚圆、完美无缺，它们被它护卫、管理、引导，最后离开它，到未知的环境和命运里去生存。

每每想到将把这其乐融融的一家子拆散，总觉得不忍心。可是不忍心又怎么办呢？总不能在一套百十平方米的单元楼里养八只犬吧？

小狗在长啊，三五天不见，就是另一番景象。

形势逼人。

二十三

正在为犬满为患伤脑筋的时候，斜刺里又杀来了程咬金——鹿鹿偏在这时挤将进来，八只不够，九只。

鹿鹿是一个朋友送的。早在我没养狗的时候，朋友就许诺，“我送你一只外国名犬。”结果，这只外国名犬不远万里来到中国，而且大驾光临加盟寒舍，它就是鹿鹿。

鹿鹿不仅英俊，而且稀罕，是一只纯种的德国微型笃宾犬，三个月大，两公斤重，体型小巧如赵飞燕，可在盘中舞，而且终生就这么大，堪称室内宠物之精品。

鹿鹿虽小，形象不凡。黑色背毛短而发亮，白颈白爪，两耳直立，断尾，臀后有褐红鹿斑。其行动敏捷，善于跑跳，聪明伶俐，能解人意，令人一望见爱，不能不要。

鹿鹿来了，与狗狗一比，如德国贵妃之遇中国农妇，反差立现。狗狗顿时显出不欢迎的样子，闭目塞听，采取鸵鸟战术不承认主义，任其上蹿下跳讨好主人，冷眼相看，不予理睬。

鹿鹿开始主动上前拉关系，希望能被承认，甚至跑去看望小狗，获得某种类似“姨妈”的监护权。狗狗警惕性很高，断然不准其接近小狗。仿佛狗狗知道这一套假装友好的表示，是以后进一步夺取正统地位的开端。

鹿鹿固然狡猾，狗狗亦非善主儿，这两只狗斗心眼儿，也不比人差多少。这是一场生存权、领地权的暗暗竞争，谁能取宠、取信于主人，谁就是胜者，失败的只能另谋出路。

每次带鹿鹿遛弯儿，都会受到旁观者的欣赏称赞，它活跃极了，奔跑轻盈如飞，而且听话，宛如小鹿依人。但是它有个毛病，出去遛它，它不屙不尿，憋着；一回家，就跟进了厕所似的，准屙准尿。它这一点太气人，怎么教也改不过来，那么聪明的狗，就这点儿不能觉悟。还有就是它太闹，哪儿都能跳上去，一刻不停，晃得人眼晕。

特别是，当它一蹦，跳进我怀里又撒娇又讨好时，一回头我看见卧在角落里的狗狗的眼神。那眼神太让人受不了啦——那是被冷落、被遗弃、被疏远的眼神，是失宠、是无奈、是凄凉、是冷漠。怨妇逐臣,不过如此;只见新欢笑,谁闻旧人哭;狗狗默默无言,它不争宠,远远旁观,只是用眼神告诉你它的伤心和苦楚。

那一瞬间,我知道,它赢了。

我不能为一只名犬让狗狗失望,我不能在狗狗的生存问题上背信弃义,我不能忘了狗狗小时的活泼可爱、大了以后的忠诚朴实,如果我不要它了,它以后的命运会多么悲惨,这是明摆着的。

我要为它的一生负责。

鹿鹿在我家养了一个月后,终于有一天,院子里开来一辆漂亮轿车,把鹿鹿接走了。

鹿鹿轻轻一跳,理所当然地坐在前排座上,像个贵族,非常适应。车子开走时,我看见它耸立的双耳直指前方,它没有回头……

二十四

或迟或早,狗狗还将面对新的问题,那就是,小狗要一只一只离开它,送人。我们不能预知到时候它怎么表现。按人的观念设想,这应该是最难将息的事,妻离子散,从母怀里夺儿,肯定痛不欲生。

狗狗到时候要大叫大闹怎么办?

你看它对小狗那么温存体贴,倍加呵护,心中总是不忍,担心目睹分离时那一刻。

结果,第一只小狗送人,是白色的大格格。抱走时,狗狗睁大眼睛盯着看,不叫不闹,它是眼睁睁地看着大格格被抱走了。

自公元二〇〇一年八月九日开始，陆续送走了五只，全为白色，三公两母，狗狗的态度都一样，目送。始知狗的母子关系并不维系终生，小狗渐大，甚至驱之出去自立门户，狗狗并不心疼。

此正为人犬观念不同之处。不料，送走第五只白色公犬（即“地主”）后，狗狗没什么，反倒是老伴一个人在灯下伤心痛哭了一场。

我说：“咦？你怎么了？哭什么呀？”

她说：“狗狗太可怜了……一个一个都走了。”

是啊，我们是人，将心比心，难免会伤痛难舍。然而狗却不是这样的，它们的血亲关系很短暂，只在哺乳期。略一长大，便可随人自去。这也是狗的生存需要决定的，它没法子终生抚养它们。

半月后，送出去的小狗回来“探亲”，母子双方跟不认识似的，互相嗅嗅，保持距离，压根儿没有我们想象中的“相见欢”场面。

二十五

这时，除了狗狗，家里只剩两只仔犬了，纯白的都送出，杂色的反成了稀罕物。不过，八只小犬刚生下来时，我就最喜欢这两只，一黑黄、一花白，团团绒绒，特别好看。

花白的那只最似狗狗，两耳金黄色，背部有浅红纹理，尾巴上红根白梢，中间有一滴像墨汁不小心溅上去似的黑点，余处皆雪白。满月后，美貌惊人，每次走进客厅，均可谓“闪亮登场”，步态优雅从容，表情矜持，不由人不联想到古时的美女貂蝉。我估计，貂蝉当年那份风姿，大致相近，于是得名“蝉蝉”。

蝉蝉确实很美，谁见了都夸，它不光是可爱，主要从小就有美女风范和较为自觉的“美人意识”——它吃相文雅，不贪不抢；它打闹有分寸，适可而止；它干什么都晚一步，显得不急不躁，心里有底。说到底，人家是天生丽质，狗里面的“美女坯子”。

黑黄色的那只叫“包包”，就完全是另一种风格了。说它是黑黄不够准确，其实是栗黄色，黑脸黑嘴，三只白爪像少戴了一只白手套。它一生下来，背脊上有一道通贯全身的黑色纵纹，额眉处有一形似弯月的白星。长至半月，背上纵纹渐无；长至一月，额星不若幼时鲜明。因其黑嘴黑脸仿佛误饮墨汁时染的，再加上额间有白月，性格憨直鲁莽，颇像黑包公，故取名包包，外号“黑老包”。

由是，我家便有一美女、一判官，蝉蝉包包，相映成趣。开始，蝉蝉最受宠爱，包包满不在乎，毫不吃醋，仿佛认为“人家长得漂亮，受宠应该”。蝉蝉常置于案头、茶几、怀中，越看越好看，甚至认为“若照它的样子制成玩具，保险受欢迎”。

往往这时候，蝉蝉反应冷漠，摆出一副“想看你就看吧”的表情，它无动于衷，缺乏热情。包包则相反，热情过剩，又舔又咬。性格不同，人犬同理。

这两个小家伙确实都是可爱的，一个半月，文恬武嬉，一静一动，淡妆浓抹，尽得生趣。包包有一次咬自己的尾巴转圈儿玩，转数圈儿后，头晕摇晃，停住，行未三步，如醉汉跌倒在地，眼神惶惑不解。憨顽生态，引人大笑。包包是个傻小子，但是包包肥壮，虎背熊腰，动作猛烈，吞吃如抢，别有一番让人喜爱处。

蝉蝉如演员，影视明星，自怜自爱，也自傲；包包如健儿，体坛猛汉，自玩自闹，也自乐。

它们两个都是有福的，长到两月多，仍吃母奶，得天独厚，无病无灾，成为狗狗身后的“哼哈二将”。

二十六

这一段应该算狗狗产仔后的美妙时光了，膝下有二子，负担减轻，何况这两个家伙已经可以吃食，吃奶只是习惯，渐后形同游戏。狗狗渐渐开始恢复，逐渐增胖，乳房也开始收回去，体形毛色转好，又活泛起来了。

一日，铁路军代办主任熊绪新夫妇及在成都上大学放假回来的女儿来玩，熊氏一家都是爱犬之人，一见蝉蝉包包，深为喜爱，愿择其一。熊主任拍着胸脯说：“你放心，放在我家不会让它们受委屈的！”

我当时有些舍不得，答应他再过半月，延长一下美好时汛，任其挑一。

约半月，熊主任携名酒好烟登门，只叙友情，半句不提索狗事。我过意不去，说：“你挑一只抱走吧！”

“真的？”

“真的。”

“那我真挑了？”

“挑吧。”

“那我要蝉蝉了。”

这时，三只狗都在客厅，听着。

熊主任的爱人拍着手对蝉蝉说:“蝉蝉,愿不愿意到我们家去?”

蝉蝉听着,若有所思似的想了一下,突然跳起来,朝她欢快地跑过去,投怀入抱。

“啊?真是天意!”我惊叹道。

这下可好,蝉蝉也走了。我原以为它将是最终留下的,不料它命属官家,欣然前往,并无半点留恋牵挂。好吧,看着熊主任两口子喜滋滋地抱着蝉蝉下楼,我送至楼下,看他们登车,走了。

过了几日,打电话询问蝉蝉情况,熊主任说:“好极了,蝉蝉有意思得很,太聪明了,不愧是你教育出来的。”

我教育它什么了?它又不识字。我在电话旁笑起来,心想,适应就好,我就放心了。记起蝉蝉小时,在院里草地上与包包相扑相嬉,有一陌生年轻女郎见了,直通通走过来问道:“卖不卖?”

我看了她一眼,“不卖。”她扭头就走了。凭什么卖给你呀?我心想,我知道你是谁?干什么的?再说,我的狗只送不卖,我不当狗贩子。我卖掉一只,都是对狗狗的不义,那钱,是脏的。

想起广场一位养了一只笃宾犬的老太太,她告诉我说,有一次几个小伙子看见这只犬,喜欢,问她:“阿姨,你出个价,我们想买这只狗。”老太太回答:“这个价没法出啊,你说我孙子值多少钱?”

二十七

送出去的六只狗不断有情况反馈回来,有的还回来探过亲。总之都过得不错,全都长得胖乎乎的,招人喜爱。

007 的主人是公安厅的洪松女士,她来抱小狗的时候,一下就选中了最小的 007。为什么偏选这只略显瘦小的呢?洪松笑了,说:“人家说我们家三口是三块门板,我,我丈夫,我女儿,都又高又宽,所以我就选这个不门板的。”

结果如何呢?

结果是人家又有话说了,洪松笑着说:“人家说我们一家子都是小眼睛,养了个狗还是小眼睛。”

007 眼睛小吗?我怎么没注意?

洪松说:“007 眼睛是小。”

洪松的女儿今年夏天考上了北师大,从北京打回电话来说:“不许把 007 送人。007 要是送了人,我就不回家了。”瞧瞧这态度,有多坚决。

大格格宝点给了亲戚家的小孩赵蕾,日子过得不错。赵蕾的父亲小时候被狗咬过,本来不喜欢狗;现在他一准备去上班,宝点就上去咬住他的裤腿不让走,他也喜欢起来了。

还有陆长瑞那儿的乐乐,就是原先的“大头”,更不用说。长瑞的爱人喜欢摄影,有一张拍乐乐的,非常精彩。它蹲在一高处,背景暗蓝,愈发衬出它通身的蓬松雪白,像一只北冰洋的小白熊,黑眼、黑鼻子、黑嘴,颇有雄俊不可一世之气概。

最近,长瑞向我透露了他的一个想法,这想法在我听来有些荒唐,但他是认真的,他说,想请狗狗及其七子聚一聚,吃个饭。

我一听就笑了,这个陆长瑞,也算异想奇思了。“那主人算不算?”他说“当然算”。

一个人爱狗可以爱到什么程度,由此可见一斑。在养狗人的心目中，狗已非兽，而是家庭成员。这是什么呢？这是改革开放富裕生活带来的文明，而这，在六十年代是不可想象、不可思议的事。

二十八

自蝉蝉走后，包包成了狗狗的唯一伴侣。母子俩自断奶后越来越亲密，随着包包长大，它俩成天打闹追逐，形影不离，疯疯癫癫，无法无天。汪曾祺在世时有文“多年父子成兄弟”，狗狗和包包呢，现在已是“三月母女成玩伴”。狗狗全无母亲样子，精力恢复，疯跑猛闹，和包包玩得不亦乐乎。

除了吃，就是玩，然后就是睡。包包睡相极可爱，和小孩儿玩累了睡觉一样，惹人怜爱。难怪洪松说她的007睡相特可爱，有时真想上去亲它一口。

包包也是这样，它睡在沙发上，你去摸它柔软的皮毛，它用前爪子把你手挡开。你再搅扰它，它迷迷糊糊从你身边离开，走到沙发那头儿，倒下又睡。过一会儿，你可能忽然闻到一股臭味儿，这才知道，睡梦中的臭包包放屁啦！可是你还怨不得它，它正睡觉，自己也不知道。

包包的缺点处，是因为它太能吃所以屎多、屁多，常被戏称为“粪缸”、“皮囊”。但是这些缺点抹杀不了它的可爱，它以浑然不知的天真活泼赢得了最后的独宠地位，也是势在必然。

它的皮毛极其柔软，抓在手里，有一种特殊的质感，一抓一把，似乎在皮肉间有一段空间，随意滑动，非常好玩。

它长到三个月时，老杨给了一个小铃铛，用红绒线穿起来，给它挂在脖颈上。嗬！这一下不得了啦！包包被铃声吓得到处乱钻，惊恐万状，无所适从。好不容易从沙发底下弄出来，站在地下，一动不敢动，惟恐动时铃响。

为安慰它，抱在怀里，才发觉它浑身发抖，包包不适应异物，包包吓坏了。看它那副可怜相，只好把铃铛又摘了。狗狗戴铃铛时，也不习惯，但没包包这么严重，一两天就适应了。

铃铛拿走了，包包又恢复自信了。金秋时节，引两犬在院中散步，过草坪，越台阶，霜天竞自由。两犬撒欢，我独凝思，见一阵微风，竟引起一时落叶如雨，纷纷飘落。落叶满阶红不扫，良辰美景奈何天。不禁使人顿觉此乐不能常在，倍觉珍惜。

我非犬，我不能如犬之欢；犬亦非我，犬不能知我思之远。两种生命，相互依存如白驹过隙，共同空越浩茫时空之一瞬。

狗狗，包包，这些你们知道吗?

也许知道，也许不知道。

也许懒得去知道，也许知道得比人还深入，只是没法子告诉你罢了。

二十九

前天，妻姐说不行把包包拿到她那儿去吧，她一个人在家，养一养包包，做个伴。下午，女儿、女婿、儿子三个人开了一辆车来。把包包接走了。

包包一走，家里顿然冷清了。送走了，那么多小犬，对狗狗似乎无大碍，但是包包一离开，狗狗情绪低落，神情沮丧，独自卧在那里，眼神凄楚。它忽然觉得没意思了，没人和它打闹追逐，它的生活中一下少了文艺和体育两项重要活动。

那边儿呢？包包反应更是强烈，叫唤了一夜，害得大姐一宿没睡，电话打过去，隐隐还能听见包包在叫。怎么办？包包跟狗狗三个月了，不容易适应，不行就再抱回来吧。她大姐倒喜欢包包，说："再坚持几天可能就适应了。"

少了包包，仅只两天，家里就像丢失了一件重要的东西——生气和灵魂。那个落寞和孤单啊，无法补缺。

再看狗狗——狗得洛夫娜，似乎比原来变得小了，它生育了一场，结果呢，八个子女先后终于都离去了。

与 TREVOR 告别

◎董鼎山

一个星期四下午，女儿碧雅尚在工作，我妻蓓琪要去附近的她家替她放狗，红着眼睛跟我说："最后一次了，要不要与我同去，向 TREVOR 告别？"我不作一声地应允了。

我们推门进入女儿公寓的客室，见地毯上横躺了一条黑狗，毫无动静。过一会儿它抬头向我们一望，勉强站起身，慢慢走过来让我妻抚它的头。它还乖乖地让她在头颈架上皮带，无声地随着蓓琪出去。

他们回来后，我问妻，TREVOR 有没有忍不住，在出大门前就弄脏了大厅的走廊，引起门房抱怨？妻说没有，它只在街角上完了事即要回家。

TREVOR 17 岁了。依照狗的年龄计算，它是长寿的，等于人的百岁。近一年来它多病拒食，不能再与两个小外孙女跳蹦游嬉，曾去看了多次兽医。终于，兽医告女儿说，时间到了，让它安静地走吧。碧雅抗拒了几个月，最后同意不能再让它继续痛苦下去，乃与兽医订好，日子是星期五，她将请假一天……

那个星期五前一天的下午，我坐在女儿家的沙发上等妻子与狗自外面撒尿回来。它一进门就瘫在地毯上，好似气球出气似的。

不过它显然理会到我在一旁坐着，不久就慢慢起身，摇摇摆摆地过来，把它的头靠在我的膝盖上揉擦，正如以前一样，不过它已不能把双足踏上我的大腿用舌舔我的脸。它这样的靠着我一会，又回到它的地毯小角躺下来。我妻看了很感动，说这是它在最后向我告别。

次晨，女儿送两个外孙女上学时，只告诉她们，今日她请了假，要把TREVOR送去兽医就医用药。

那天傍晚，萝拉从学校回来，一进家门就问，“TREVOR在哪里？TREVOR在哪里？”在女儿能作回答之时，她哭嚷：“我知道的，我知道的！你怎不让我同去？”投身倒在沙发上大哭，小杰德也加入了她姊姊的哭嚷。这是碧雅后来告知我们的。通常，外孙女儿入睡之前，TREVOR总要进她们的卧房探视一下，有时就睡在她们床旁。

那天晚上，萝拉半夜从床上起身告她妈妈，她不能入睡，一闭眼就看到TREVOR。结果她爬上妈妈的床过夜。

我一向反对在公寓中养狗，碧雅从小就哭嚷着要狗，到了她就职自立后，某天她敲我们的门，站在门外说：“爸爸，你是不是宽宏大量的(BROAD-MINDED)？”不等我回答，她把藏在背后的右手掌举起来，替我们介绍她新从联合广场公园用二十元钱购来的一条黑毛小动物。TREVOR两个大眼直向我们盯视。我与妻立时爱上了它，十七年来，它一直是我家常客，我也再不嫌养狗带来的“肮脏”了。

现在，它安静地走了，它将一直活在我们心中。

敬　　启

因为某些技术上的原因，致使本书的个别作者尚未能联络上。敬请见书后，即与责任编辑联系，以便我们及时奉上样书与薄酬，并敬请见谅。